Classiques & co

Amélie Nothomb

Stupeur et Tremblements

Présentation, notes, questions et après-texte établis par

JOSIANE GRINFAS

professeur de Lettres

MAGNARD

Sommaire

PRÉSENTATION

Dans *L'Empire des signes*, le livre qu'il a publié en 1970 sur son expérience japonaise, Roland Barthes écrit : « L'auteur n'a jamais, en aucun sens, photographié le Japon. Ce serait plutôt le contraire : le Japon l'a étoilé d'éclairs multiples ; ou mieux encore : le Japon l'a mis en situation d'écriture. » (« Là-bas », pages 13-14, Éditions points Seuil, 2005).

C'est ce que disent les dernières pages de *Stupeur et Tremblements*, qui sont plus une ouverture qu'un épilogue : il y a une relation souterraine entre l'expérience japonaise d'Amélie Nothomb et la naissance à l'écriture.

Cette expérience japonaise n'est pas la première ; avant, il y a eu celle de la petite enfance, que le texte évoque dans un dialogue avec le personnage de Fubuki Mori, « l'œillet du vieux Japon » : « Elle me parla de son enfance dans le Kansai. Je lui parlai de la mienne qui avait commencé dans la même province, non loin de Nara, au village de Shukugawa, près du mont Kabuto – l'évocation de ces lieux mythologiques me mettait les larmes aux yeux » (page 23). Le Japon, où Amélie Nothomb est née en 1967 et qu'elle doit quitter en 1972 pour la Chine, où son père diplomate, est affecté.

Suivent d'autres pays, d'autres déménagements, jusqu'à la Belgique (pays de ses ancêtres), où Amélie se sent étrangère, solitaire : son identité profonde est au Japon, pays de la première enfance et de la langue qu'elle parlait avec sa gouvernante Nishiosan. En 1990, elle retourne au Japon et est engagée comme interprète dans une grande entreprise d'import-export ; c'est cette expérience qui est racontée dans *Stupeur et tremblements*. Et quand Amélie vit ses premiers déboires, elle constate : « Je m'étais quand même donné du mal pour entrer dans cette compagnie : j'avais étudié la langue tokyoïte des affaires, j'avais passé des tests. Certes, je n'avais jamais eu l'ambition de devenir un foudre de guerre du commerce international, mais j'avais toujours éprouvé le désir de vivre dans ce pays auquel je vouais un culte depuis les premiers souvenirs idylliques que j'avais gardés de ma petite enfance. Je resterais. » (page 20).

Certes, le déroulement et le dénouement factuels sont le constat d'un échec : Amélie découvre que les codes de la politesse nippone peuvent aussi contenir les signes d'une violence extrême et que les enfers de l'entreprise japonaise ont remplacé l'Eden de Nara… Mais, tout le long du récit, le personnage reste lumineux. L'univers mental de la narratrice – la seule façon d'exister qui lui reste –, le langage par lequel elle l'exprime, deviennent son identité profonde, puisqu'on lui refuse celle qu'elle s'est choisie. En apparence, elle se soumet (« Je tiendrais le coup. Je me conduirais comme une Nippone l'eût fait », dit-elle, page 101) ; en profondeur, elle se forge une arme : le style. Le Japon l'a mise en situation d'écriture.

Ainsi la « fin » du texte s'étoile de la promesse et de la naissance à l'écriture. Même si *Stupeur et Tremblements* n'est pas le premier texte publié par Amélie Nothomb (il paraît en 1999), il raconte une expérience fondamentale pour l'écrivain : celle qui lui apprend que son identité inaliénable se trouve dans les mots.

Amélie Nothomb
Stupeur et Tremblements

Monsieur Haneda était le supérieur de monsieur Omochi, qui était le supérieur de monsieur Saito, qui était le supérieur de mademoiselle Mori, qui était ma supérieure. Et moi, je n'étais la supérieure de personne.

On pourrait dire les choses autrement. J'étais aux ordres de mademoiselle Mori, qui était aux ordres de monsieur Saito, et ainsi de suite, avec cette précision que les ordres pouvaient, en aval, sauter les échelons hiérarchiques.

Donc, dans la compagnie Yumimoto, j'étais aux ordres de tout le monde.

Le 8 janvier 1990, l'ascenseur me cracha au dernier étage de l'immeuble Yumimoto. La fenêtre, au bout du hall, m'aspira comme l'eût fait le hublot brisé d'un avion. Loin, très loin, il y avait la ville – si loin que je doutais d'y avoir jamais mis les pieds.

Je ne songeai même pas qu'il eût fallu me présenter à la réception. En vérité, il n'y avait dans ma tête aucune pensée, rien que la fascination[1] pour le vide, par la baie vitrée.

Une voix rauque[2] finit par prononcer mon nom, derrière moi. Je me retournai. Un homme d'une cinquantaine d'années, petit, maigre et laid, me regardait avec mécontentement.

– Pourquoi n'avez-vous pas averti la réceptionniste de votre arrivée? me demanda-t-il.

---

1. Attirance mêlée de peur.
2. Grave et éraillée.

Je ne trouvai rien à répondre et ne répondis rien. J'inclinai
la tête et les épaules, constatant qu'en une dizaine de minutes,
sans avoir prononcé un seul mot, j'avais déjà produit une mauvaise impression, le jour de mon entrée dans la compagnie
Yumimoto.

L'homme me dit qu'il s'appelait monsieur Saito. Il me
conduisit à travers d'innombrables et immenses salles, dans lesquelles il me présenta à des hordes[1] de gens, dont j'oubliais les
noms au fur et à mesure qu'il les énonçait.

Il m'introduisit ensuite dans le bureau où siégeait son supérieur, monsieur Omochi, qui était énorme et effrayant, ce qui
prouvait qu'il était le vice-président[2].

Puis il me montra une porte et m'annonça d'un air solennel
que, derrière elle, il y avait monsieur Haneda, le président. Il
allait de soi qu'il ne fallait pas songer à le rencontrer.

Enfin, il me guida jusqu'à une salle gigantesque dans laquelle
travaillaient une quarantaine de personnes. Il me désigna ma
place, qui était juste en face de celle de ma supérieure directe,
mademoiselle Mori. Cette dernière était en réunion et me
rejoindrait en début d'après-midi.

Monsieur Saito me présenta brièvement à l'assemblée. Après
quoi, il me demanda si j'aimais les défis. Il était clair que je
n'avais pas le droit de répondre par la négative.

— Oui, dis-je.

---

1. Troupes nombreuses, impressionnantes.
2. Président adjoint.

Ce fut le premier mot que je prononçai dans la compagnie. Jusque-là, je m'étais contentée d'incliner la tête.

50   Le « défi » que me proposa monsieur Saito consistait à accepter l'invitation d'un certain Adam Johnson à jouer au golf avec lui, le dimanche suivant. Il fallait que j'écrive une lettre en anglais à ce monsieur pour le lui signifier.

– Qui est Adam Johnson ? eus-je la sottise de demander.

55   Mon supérieur soupira avec exaspération[1] et ne répondit pas. Était-il aberrant[2] d'ignorer qui était monsieur Johnson, ou alors ma question était-elle indiscrète ? Je ne le sus jamais – et ne sus jamais qui était Adam Johnson.

L'exercice me parut facile. Je m'assis et écrivis une lettre cor-
60 diale : monsieur Saito se réjouissait à l'idée de jouer au golf le dimanche suivant avec monsieur Johnson et lui envoyait ses amitiés. Je l'apportai à mon supérieur.

Monsieur Saito lut mon travail, poussa un petit cri méprisant et le déchira :

65   – Recommencez.

Je pensai que j'avais été trop aimable ou familière avec Adam Johnson et je rédigeai un texte froid et distant : monsieur Saito prenait acte de la décision de monsieur Johnson et conformément à ses volontés jouerait au golf avec lui.

70   Mon supérieur lut mon travail, poussa un petit cri méprisant et le déchira :

---

1. Énervement, irritation.
2. Étranger à toute logique.

– Recommencez.

J'eus envie de demander où était mon erreur, mais il était clair que mon chef ne tolérait pas les questions, comme l'avait
75 prouvé sa réaction à mon investigation[1] au sujet du destinataire. Il fallait donc que je trouve par moi-même quel langage tenir au mystérieux Adam Johnson.

Je passai les heures qui suivirent à rédiger des missives à ce joueur de golf. Monsieur Saito rythmait ma production en la
80 déchirant, sans autre commentaire que ce cri qui devait être un refrain. Il me fallait à chaque fois inventer une formulation nouvelle.

Il y avait à cet exercice un côté : «Belle marquise, vos beaux yeux me font mourir d'amour» qui ne manquait pas de sel.
85 J'explorais des catégories grammaticales en mutation : «Et si Adam Johnson devenait le verbe, dimanche prochain le sujet, jouer au golf le complément d'objet et monsieur Saito l'adverbe? Dimanche prochain accepte avec joie de venir Adamjohnsoner un jouer au golf monsieurSaitoment. Et pan
90 dans l'œil d'Aristote![2]»

Je commençais à m'amuser quand mon supérieur m'interrompit. Il déchira la énième lettre sans même la lire et me dit que mademoiselle Mori était arrivée.

– Vous travaillerez avec elle cet après-midi. Entre-temps,
95 allez me chercher un café.

---

1. Enquête.
2. Philosophe grec (384-322 av. J.-C.), élève de l'académie de Platon qui a enseigné la rhétorique (art de bien écrire et de bien dire les discours), donc la grammaire.

Il était déjà quatorze heures. Mes gammes[1] épistolaires m'avaient tant absorbée que je n'avais pas songé à faire la moindre pause.

Je posai la tasse sur le bureau de monsieur Saito et me
100 retournai. Une fille haute et longue comme un arc marcha vers moi.

Toujours, quand je repense à Fubuki, je revois l'arc nippon, plus grand qu'un homme. C'est pourquoi j'ai baptisé la compagnie «Yumimoto», c'est-à-dire «les choses de l'arc».
105   Et quand je vois un arc, toujours, je repense à Fubuki, plus grande qu'un homme.

— Mademoiselle Mori?
— Appelez-moi Fubuki.

Je n'écoutais plus ce qu'elle me disait. Mademoiselle Mori
110 mesurait au moins un mètre quatre-vingts, taille que peu

---

1. Mes exercices d'écriture de lettres.

BIEN LIRE

• Page 9, l. 11 : Quelle valeur attribuer au verbe «cracha»?

• Page 10, l. 24 à 28 : Quel est le premier sentiment du narrateur?

• Page 11, l. 48 : Quel est le genre du personnage? l. 52-53 : Pour quelle fonction a-t-il été embauché?

• Page 13, l. 103 : «C'est pourquoi j'ai baptisé la compagnie «Yumimoto», c'est-à-dire «les choses de l'arc»» : est-ce une intervention de l'auteur? l. 105 : Quel verbe montre que le regard de la narratrice est rétrospectif?

d'hommes japonais atteignent. Elle était svelte et gracieuse à ravir, malgré la raideur nippone à laquelle elle devait sacrifier. Mais ce qui me pétrifiait[1], c'était la splendeur de son visage.

Elle me parlait, j'entendais le son de sa voix douce et pleine d'intelligence. Elle me montrait des dossiers, m'expliquait de quoi il s'agissait, elle souriait. Je ne m'apercevais pas que je ne l'écoutais pas.

Ensuite, elle m'invita à lire les documents qu'elle avait préparés sur mon bureau qui faisait face au sien. Elle s'assit et commença à travailler. Je feuilletai docilement[2] les paperasses qu'elle m'avait données à méditer. Il s'agissait de règlements, d'énumérations.

Deux mètres devant moi, le spectacle de son visage était captivant. Ses paupières baissées sur ses chiffres l'empêchaient de voir que je l'étudiais. Elle avait le plus beau nez du monde, le nez japonais, ce nez inimitable, aux narines délicates et reconnaissables entre mille. Tous les Nippons n'ont pas ce nez mais, si quelqu'un a ce nez, il ne peut être que d'origine nippone. Si Cléopâtre avait eu ce nez, la géographie de la planète en eût pris un sacré coup.

Le soir, il eût fallu être mesquine[3] pour songer qu'aucune des compétences pour lesquelles on m'avait engagée ne m'avait

---

1. Me transformait en pierre ; me laissait muette.
2. De façon obéissante.
3. Étroite d'esprit.

servi. Après tout, ce que j'avais voulu, c'était travailler dans une entreprise japonaise. J'y étais.

135 J'avais eu l'impression de passer une excellente journée. Les jours qui suivirent confirmèrent cette impression.

Je ne comprenais toujours pas quel était mon rôle dans cette entreprise ; cela m'indifférait. Monsieur Saito semblait me trouver consternante ; cela m'indifférait plus encore. J'étais enchan-
140 tée de ma collègue. Son amitié me paraissait une raison plus que suffisante pour passer dix heures par jour au sein de la compagnie Yumimoto.

Son teint à la fois blanc et mat était celui dont parle si bien Tanizaki[1]. Fubuki incarnait à la perfection la beauté nippone,
145 à la stupéfiante exception de sa taille. Son visage l'apparentait à « l'œillet du vieux Japon », symbole de la noble fille du temps jadis : posé sur cette silhouette immense, il était destiné à dominer le monde.

Yumimoto était l'une des plus grandes compagnies de l'uni-
150 vers. Monsieur Haneda en dirigeait la section Import-Export, qui achetait et vendait tout ce qui existait à travers la planète entière.

Le catalogue Import-Export de Yumimoto était la version tita-

---

1. Écrivain japonais (1886-1965) dont de nombreuses œuvres ont été adaptées au cinéma.

BIEN LIRE

• **Page 14, l. 120-122 : Quelle peut-être la nature de la tâche confiée ?
l. 133 : Quel commentaire feriez-vous du « Après tout » ?**

nesque[1] de celui de Prévert[2] : depuis l'emmental finlandais jusqu'à
155 la soude[3] singapourienne en passant par la fibre optique cana-
dienne, le pneu français et le jute togolais[4], rien n'y échappait.

L'argent, chez Yumimoto, dépassait l'entendement humain.
À partir d'une certaine accumulation de zéros, les montants
quittaient le domaine des nombres pour entrer dans celui de
160 l'art abstrait[5]. Je me demandais s'il existait, au sein de la compagnie, un être capable de se réjouir d'avoir gagné cent millions
de yens, ou de déplorer la perte d'une somme équivalente.

Les employés de Yumimoto, comme les zéros, ne prenaient
leur valeur que derrière les autres chiffres. Tous, sauf moi, qui
165 n'atteignais même pas le pouvoir du zéro.

Les jours s'écoulaient et je ne servais toujours à rien. Cela ne
me dérangeait pas outre mesure. J'avais l'impression que l'on
m'avait oubliée, ce qui n'était pas désagréable. Assise à mon
bureau, je lisais et relisais les documents que Fubuki avait mis
170 à ma disposition. Ils étaient prodigieusement inintéressants, à
l'exception de l'un d'entre eux, qui répertoriait les membres de
la compagnie Yumimoto : y étaient inscrits leurs nom, prénom,
date et lieu de naissance, le nom du conjoint éventuel et des
enfants avec, pour chacun, la date de naissance.

175 En soi, ces renseignements n'avaient rien de fascinant. Mais

---

1. De la taille d'un Titan, d'un géant.
2. Poète français (1900-1977) qui utilise le procédé du «catalogue», ou «inventaires» liste d'objets hétéroclites.
3. Substance caustique d'origine naturelle ou industrielle.
4. Fibre textile produite au Togo, pays de l'Afrique de l'Ouest.
5. Art non figuratif, qui ne propose pas de représentation du réel.

quand on a très faim, un croûton de pain devient alléchant[1] :
dans l'état de désœuvrement[2] et d'inanition[3] où mon cerveau se
trouvait, cette liste me parut croustillante comme un magazine
à scandale. En vérité, c'était la seule paperasse que je comprenais.

180 Pour avoir l'air de travailler, je décidai de l'apprendre par
cœur. Il y avait une centaine de noms. La plupart étaient
mariés et pères ou mères de famille, ce qui rendait ma tâche
plus difficile.

J'étudiais : ma figure était tour à tour penchée sur la matière
185 puis relevée pour que je récite à l'intérieur de ma boîte noire.
Quand je redressais la tête, mon regard tombait toujours sur le
visage de Fubuki, assise face à moi.

Monsieur Saito ne me demandait plus d'écrire des lettres à
Adam Johnson, ni à personne d'autre. D'ailleurs, il ne me
190 demandait rien, sauf de lui apporter des tasses de café.

Rien n'était plus normal, quand on débutait dans une compagnie nippone, que de commencer par l'ôchakumi – « la fonction de l'honorable thé ». Je pris ce rôle d'autant plus au sérieux
que c'était le seul qui m'était dévolu[4].

195 Très vite, je connus les habitudes de chacun : pour monsieur

---

1. Donne envie de le manger.
2. Inaction.
3. Faiblesse due à la faim.
4. Attribué.

BIEN LIRE

- **Page 16, l. 160 : Quelle activité est qualifiée d'« art abstrait » ?**
- **Page 17, l. 185 : Que désigne la « boîte noire » ?**

Saito, dès huit heures trente, un café noir. Pour monsieur Unaji, un café au lait, deux sucres, à dix heures. Pour monsieur Mizuno, un gobelet de Coca par heure. Pour monsieur Okada, à dix-sept heures, un thé anglais avec un nuage de lait. Pour Fubuki, un thé vert à neuf heures, un café noir à douze heures, un thé vert à quinze heures et un dernier café noir à dix-neuf heures – elle me remerciait à chaque fois avec une politesse charmante.

Cette humble tâche se révéla le premier instrument de ma perte.

Un matin, monsieur Saito me signala que le vice-président recevait dans son bureau une importante délégation d'une firme amie :

– Café pour vingt personnes.

J'entrai chez monsieur Omochi avec mon grand plateau et je fus plus que parfaite : je servis chaque tasse avec une humilité[1] appuyée, psalmodiant[2] les plus raffinées des formules d'usage, baissant les yeux et m'inclinant. S'il existait un ordre du mérite de l'ôchakumi, il eût dû m'être décerné.

Plusieurs heures après, la délégation s'en alla. La voix tonitruante de l'énorme monsieur Omochi cria :

– Saito-san !

Je vis monsieur Saito se lever d'un bond, devenir livide[3] et

---

1. Simplicité, modestie.
2. Récitant.
3. D'une pâleur de mort.

courir dans l'antre du vice-président. Les hurlements de l'obèse
220 résonnèrent derrière le mur. On ne comprenait pas ce qu'il
disait, mais cela n'avait pas l'air gentil.

Monsieur Saito revint, le visage décomposé. Je ressentis pour
lui une sotte bouffée de tendresse en pensant qu'il pesait le tiers
de son agresseur. Ce fut alors qu'il m'appela, sur un ton furieux.

225 Je le suivis jusqu'à un bureau vide. Il me parla avec une colère
qui le rendait bègue[1] :

– Vous avez profondément indisposé la délégation de la
firme amie! Vous avez servi le café avec des formules qui sug-
géraient que vous parliez le japonais à la perfection!

230 – Mais je ne le parle pas si mal, Saito-san.

– Taisez-vous! De quel droit vous défendez-vous? Monsieur
Omochi est très fâché contre vous. Vous avez créé une
ambiance exécrable dans la réunion de ce matin : comment nos
partenaires auraient-ils pu se sentir en confiance, avec une
235 Blanche qui comprenait leur langue? À partir de maintenant,
vous ne parlez plus japonais.

Je le regardai avec des yeux ronds.

– Pardon?

– Vous ne connaissez plus le japonais. C'est clair?

240 – Enfin, c'est pour ma connaissance de votre langue que
Yumimoto m'a engagée!

– Cela m'est égal. Je vous donne l'ordre de ne plus comprendre le japonais.

---

1. Atteint de bégaiement.

– C'est impossible. Personne ne peut obéir à un ordre pareil.

245   – Il y a toujours moyen d'obéir. C'est ce que les cerveaux occidentaux devraient comprendre.

« Nous y voici », pensai-je avant de reprendre :

– Le cerveau nippon est probablement capable de se forcer à oublier une langue. Le cerveau occidental n'en a pas les

250 moyens.

Cet argument extravagant parut recevable à monsieur Saito.

– Essayez quand même. Au moins, faites semblant. J'ai reçu des ordres à votre sujet. Est-ce que c'est entendu ?

Le ton était sec et cassant.

255 Quand je rejoignis mon bureau, je devais tirer une drôle de tête, car Fubuki eut pour moi un regard doux et inquiet. Je restai longtemps prostrée[1], à me demander quelle attitude adopter.

Présenter ma démission eût été le plus logique. Pourtant, je ne pouvais me résoudre à cette idée. Aux yeux d'un Occidental,

260 ce n'eût rien eu d'infamant ; aux yeux d'un Japonais, c'eût été perdre la face. J'étais dans la compagnie depuis un mois à peine. Or, j'avais signé un contrat d'un an. Partir après si peu de temps m'eût couverte d'opprobre[2], à leurs yeux comme aux miens.

D'autant que je n'avais aucune envie de m'en aller. Je m'étais

265 quand même donné du mal pour entrer dans cette compagnie : j'avais étudié la langue tokyoïte des affaires, j'avais passé des tests. Certes, je n'avais jamais eu l'ambition de devenir un

---

1. Repliée sur moi-même.
2. Honte.

foudre de guerre du commerce international, mais j'avais toujours éprouvé le désir de vivre dans ce pays auquel je vouais un
270 culte depuis les premiers souvenirs idylliques que j'avais gardés de ma petite enfance.

Je resterais.

Par conséquent, je devais trouver un moyen d'obéir à l'ordre de monsieur Saito. Je sondai mon cerveau à la recherche d'une
275 couche géologique[1] propice à l'amnésie[2] : y avait-il des oubliettes dans ma forteresse neuronale ? Hélas, l'édifice comportait des points forts et des points faibles, des échauguettes[3] et des fissures, des trous et des douves, mais rien qui permît d'y ensevelir une langue que j'entendais parler sans cesse.

280 À défaut de pouvoir l'oublier, pouvais-je du moins la dissimuler ? Si le langage était une forêt, m'était-il possible de cacher, derrière les hêtres français, les tilleuls anglais, les chênes latins et les oliviers grecs, l'immensité des cryptomères[4] nippons, qui en l'occurrence eussent été bien nommés ?

285 Mori, le patronyme de Fubuki, signifiait forêt. Fut-ce pour cette raison qu'à cet instant je posai sur elle des yeux désemparés ? Je m'aperçus qu'elle me regardait toujours, l'air interrogateur.

Elle se leva et me fit signe de la suivre. À la cuisine, je m'effondrai sur une chaise.

---

1. Couche observée dans la profondeur d'un terrain.
2. Perte de mémoire.
3. Petite tour de guet.
4. Espèce d'arbre géante.

– Qu'est-ce qu'il vous a dit ? me demanda-t-elle.

Je vidai mon cœur. Je parlais d'une voix convulsive[1], j'étais au bord des larmes. Je ne parvins plus à retenir des paroles dangereuses :

295 – Je hais monsieur Saito. C'est un salaud et un imbécile.

Fubuki eut un petit sourire :

– Non. Vous vous trompez.

– Évidemment. Vous, vous êtes gentille, vous ne voyez pas le mal. Enfin, pour me donner un ordre pareil, ne faut-il pas 300 être un…

– Calmez-vous. L'ordre ne venait pas de lui. Il transmettait les instructions de monsieur Omochi. Il n'avait pas le choix.

– En ce cas, c'est monsieur Omochi qui est un…

– C'est quelqu'un de très spécial, me coupa-t-elle. Que vou-305 lez-vous ? C'est le vice-président. Nous n'y pouvons rien.

– Je pourrais en parler au président, monsieur Haneda. Quel genre d'homme est-il ?

– Monsieur Haneda est un homme remarquable. Il est très intelligent et très bon. Hélas, il est hors de question que vous 310 alliez vous plaindre à lui.

Elle avait raison, je le savais. Il eût été inconcevable, en amont, de sauter même un seul échelon hiérarchique – a fortiori[2] d'en sauter autant. Je n'avais le droit de m'adresser qu'à mon supérieur direct, qui se trouvait être mademoiselle Mori.

315 – Vous êtes mon seul recours, Fubuki. Je sais que vous ne

---

1. Hachée par les hoquets, les tremblements.
2. À plus forte raison.

pouvez pas grand-chose pour moi. Mais je vous remercie. Votre simple humanité me fait tant de bien.

Elle sourit.

Je lui demandai quel était l'idéogramme[1] de son prénom.
320 Elle me montra sa carte de visite. Je regardai les kanji[2] et m'exclamai :

– Tempête de neige! Fubuki signifie «tempête de neige»! C'est trop beau de s'appeler comme ça.

– Je suis née lors d'une tempête de neige. Mes parents y ont
325 vu un signe.

La liste Yumimoto me repassa dans la tête : «Mori Fubuki, née à Nara le 18 janvier 1961…» Elle était une enfant de l'hiver. J'imaginai soudain cette tempête de neige sur la sublime ville de Nara, sur ses cloches innombrables – n'était-il pas nor-
330 mal que cette superbe jeune femme fût née le jour où la beauté du ciel s'abattait sur la beauté de la terre?

Elle me parla de son enfance dans le Kansai. Je lui parlai de la mienne qui avait commencé dans la même province, non loin de Nara, au village de Shukugawa, près du mont Kabuto
335 – l'évocation de ces lieux mythologiques[3] me mettait les larmes aux yeux.

– Comme je suis heureuse que nous soyons toutes les deux des enfants du Kansai! C'est là que bat le cœur du vieux Japon.

---

1. Signe graphique.
2. Caractères chinois utilisés dans la langue japonaise.
3. Nara était, en 710, la capitale du gouvernement japonais; le Kansai est une région située au cœur de l'île Honshu, principale île du Japon.

C'était là, aussi, que battait mon cœur depuis ce jour où, à
340 l'âge de cinq ans, j'avais quitté les montagnes nippones pour le
désert chinois. Ce premier exil m'avait tant marquée que je me
sentais capable de tout accepter afin d'être réincorporée à ce
pays dont je m'étais si longtemps crue originaire.

Quand nous retournâmes à nos bureaux qui se faisaient face,
345 je n'avais trouvé aucune solution à mon problème. Je savais
moins que jamais quelle était et quelle serait ma place dans la
compagnie Yumimoto. Mais je ressentais un grand apaisement,
parce que j'étais la collègue de Fubuki Mori.

Il fallait donc que j'aie l'air de m'occuper sans pour autant
350 sembler comprendre un mot de ce qui se disait autour de moi.
Désormais, je servais les diverses tasses de thé et de café sans
l'ombre d'une formule de politesse et sans répondre aux remer-
ciements des cadres. Ceux-ci n'étaient pas au courant de mes

BIEN LIRE

- **Page 18, l. 204-205 :** En quoi ces lignes sont-elles une anticipation ?
- **Page 19, l. 235 :** Comment interpréter le mot « Blanche » ? Trouvez dans la page l'expression qui le rend explicite.
- **Page 20, l. 263 :** « à leurs yeux comme aux miens » : Quel point de vue la narratrice a-t-elle sur la situation ?
- **Page 21, l. 272 :** Quelle est la valeur temporelle de ce verbe ?
- **Page 21, l. 285-288 :** Qu'est-ce que la narratrice attend de Fubuki ? Quel est le discours de celle-ci ?
- **Page 24, l. 343 :** En quoi la proposition relative éclaire-t-elle le comportement de la narratrice ? l. 349 : Quel lien la conjonction « donc » établit-elle avec la conversation qui précède ?

nouvelles instructions et s'étonnaient que l'aimable geisha
355 blanche se soit transformée en une carpe grossière comme une
Yankee[1].

L'ôchakumi ne me prenait hélas pas beaucoup de temps. Je
décidai, sans demander l'avis de personne, de distribuer le
courrier.

360 Il s'agissait de pousser un énorme chariot métallique à travers les nombreux bureaux géants et de donner à chacun ses
lettres. Ce travail me convenait à merveille. D'abord, il utilisait
ma compétence linguistique, puisque la plupart des adresses
étaient libellées en idéogrammes – quand monsieur Saito était
365 très loin de moi, je ne cachais pas que je connaissais le nippon.
Ensuite, je découvrais que je n'avais pas étudié par cœur la liste
Yumimoto pour rien : je pouvais non seulement identifier les
moindres des employés, mais aussi profiter de ma tâche pour,
le cas échéant, leur souhaiter un excellent anniversaire, à eux
370 ou à leur épouse ou progéniture[2].

Avec un sourire et une courbette, je disais : « Voici votre courrier, monsieur Shiranai. Un bon anniversaire à votre petit
Yoshiro, qui a trois ans aujourd'hui. »

Ce qui me valait à chaque fois un regard stupéfait.

375 Cet emploi me prenait d'autant plus de temps qu'il me fal-

---

1. Mot dévalorisant pour Américain.
2. Descendance.

BIEN LIRE

• **Page 25, l. 355 : Pourquoi la comparaison avec la carpe ?**

lait circuler à travers la compagnie entière, qui s'étalait sur deux étages. Avec mon chariot, qui me donnait une contenance agréable, je ne cessais d'emprunter l'ascenseur. J'aimais cela car juste à côté, à l'endroit où je l'attendais, il y avait une immense
380 baie vitrée. Je jouais alors à ce que j'appelais « me jeter dans la vue ». Je collais mon nez à la fenêtre et me laissais tomber mentalement. La ville était si loin en dessous de moi : avant que je ne m'écrase sur le sol, il m'était loisible de regarder tant de choses.

385   J'avais trouvé ma vocation[1]. Mon esprit s'épanouissait dans ce travail simple, utile, humain et propice à la contemplation[2]. J'aurais aimé faire cela toute ma vie.

Monsieur Saito me manda à son bureau. J'eus droit à un savon mérité : je m'étais rendue coupable du grave crime d'ini-
390 tiative. Je m'étais attribué une fonction sans demander la permission de mes supérieurs directs. En plus, le véritable postier de l'entreprise, qui arrivait l'après-midi, était au bord de la crise de nerfs, car il se croyait sur le point d'être licencié.

    – Voler son travail à quelqu'un est une très mauvaise action,
395 me dit avec raison monsieur Saito.

    J'étais désolée de voir s'interrompre si vite une carrière prometteuse. En outre, se posait à nouveau le problème de mon activité.

---

1. Activité à laquelle j'étais destinée.
2. Sérénité, extase.

J'eus une idée qui parut lumineuse à ma naïveté : au cours
400 de mes déambulations à travers l'entreprise, j'avais remarqué
que chaque bureau comportait de nombreux calendriers qui
n'étaient presque jamais à jour, soit que le petit cadre rouge et
mobile n'eût pas été avancé à la bonne date, soit que la page
du mois n'eût pas été tournée.

405 Cette fois, je n'oubliai pas de demander la permission :

– Puis-je mettre les calendriers à jour, monsieur Saito ?

Il me répondit oui sans y prendre garde. Je considérai que
j'avais un métier.

Le matin, je passais dans chaque bureau et je déplaçais le
410 petit cadre rouge jusqu'à la date idoine[1]. J'avais un poste : j'étais
avanceuse-tourneuse de calendriers.

Peu à peu, les membres de Yumimoto s'aperçurent de mon
manège. Ils en conçurent une hilarité[2] grandissante.

On me demandait :

415 – Ça va ? Vous ne vous fatiguez pas trop à cet épuisant exercice ?

Je répondais en souriant :

– C'est terrible. Je prends des vitamines.

J'aimais mon labeur. Il avait l'inconvénient d'occuper trop
420 peu de temps, mais il me permettait d'emprunter l'ascenseur et
donc de me jeter dans la vue. En plus, il divertissait mon public.

À cet égard, le sommet fut atteint quand on passa du mois

---

1. Adéquate, qui convenait.
2. Gros rire.

de février au mois de mars. Avancer le cadre rouge ne suffisait pas ce jour-là : il me fallait tourner, voire arracher la page de
425 février.

Les employés des divers bureaux m'accueillirent comme on accueille un sportif. J'assassinais les mois de février avec de grands gestes de samouraï[1], mimant une lutte sans merci contre la photo géante du mont Fuji[2] enneigé qui illustrait cette
430 période dans le calendrier Yumimoto. Puis je quittais les lieux du combat, l'air épuisé, avec des fiertés sobres de guerrier victorieux, sous les banzaï[3] des commentateurs enchantés.

La rumeur de ma gloire atteignit les oreilles de monsieur Saito. Je m'attendais à recevoir un savon magistral pour avoir
435 fait le pitre[4]. Aussi avais-je préparé ma défense :

– Vous m'aviez autorisée à mettre à jour les calendriers, commençai-je avant même d'avoir essuyé ses fureurs.

Il me répondit sans aucune colère, sur le ton de simple mécontentement qui lui était habituel :

440 – Oui. Vous pouvez continuer. Mais ne vous donnez plus en spectacle : vous déconcentrez les employés.

Je fus étonnée de la légèreté de la réprimande. Monsieur Saito reprit :

– Photocopiez-moi ça.

445 Il me tendit une énorme liasse de pages au format A4. Il devait y en avoir un millier.

---

1. Guerrier du Japon féodal.
2. Mont enneigé, emblématique du Japon.
3. Cri de guerre et de victoire (« dix mille ans »).
4. Le clown.

Je livrai le paquet à l'avaleuse de la photocopieuse, qui effectua sa tâche avec une rapidité et une courtoisie exemplaires. J'apportai à mon supérieur l'original et les copies.

450 Il me rappela :

– Vos photocopies sont légèrement décentrées, dit-il en me montrant une feuille. Recommencez.

Je retournai à la photocopieuse en pensant que j'avais dû mal placer les pages dans l'avaleuse. J'y accordai cette fois un soin
455 extrême : le résultat fut impeccable. Je rapportai mon œuvre à monsieur Saito.

– Elles sont à nouveau décentrées, me dit-il.

– Ce n'est pas vrai! m'exclamai-je.

– C'est terriblement grossier de dire cela à un supérieur.

460 – Pardonnez-moi. Mais j'ai veillé à ce que mes photocopies soient parfaites.

– Elles ne le sont pas. Regardez.

Il me montra une feuille qui me parut irréprochable.

– Où est le défaut?

465 – Là, voyez : le parallélisme avec le bord n'est pas absolu.

– Vous trouvez?

– Puisque je vous le dis!

Il jeta la liasse à la poubelle et reprit.

– Vous travaillez à l'avaleuse?

470 – En effet.

– Voilà l'explication. Il ne faut pas se servir de l'avaleuse. Elle n'est pas assez précise.

– Monsieur Saito, sans l'avaleuse, il me faudrait des heures pour en venir à bout.

475 – Où est le problème ? sourit-il. Vous manquiez justement d'occupation.

Je compris que c'était mon châtiment pour l'affaire des calendriers.

Je m'installai à la photocopieuse comme aux galères. À 480 chaque fois, je devais soulever le battant, placer la page avec minutie, appuyer sur la touche puis examiner le résultat. Il était quinze heures quand j'étais arrivée à mon ergastule[1]. À dix-neuf heures, je n'avais pas encore fini. Des employés passaient de temps en temps : s'ils avaient plus de dix copies à effectuer, je 485 leur demandais humblement de consentir à utiliser la machine située à l'autre bout du couloir.

Je jetai un œil sur le contenu de ce que je photocopiais. Je crus mourir de rire en constatant qu'il s'agissait du règlement du club de golf dont monsieur Saito était l'affilié[2].

490 L'instant d'après, j'eus plutôt envie de pleurer, à l'idée des pauvres arbres innocents que mon supérieur gaspillait pour me châtier. J'imaginai les forêts du Japon de mon enfance, érables, cryptomères et ginkgos[3], rasées à seule fin de punir un être aussi insignifiant que moi. Et je me rappelai que le nom de famille 495 de Fubuki signifiait forêt.

---

1. Partie de la maison romaine antique où étaient installés les esclaves ou cachot.
2. L'adhérent.
3. Arbre d'Extrême-Orient.

Arriva alors monsieur Tenshi, qui dirigeait la section des produits laitiers. Il avait le même grade que monsieur Saito qui, lui, était directeur de la section comptabilité générale. Je le regardai avec étonnement : un cadre de son importance ne délé-
500 guait-il pas quelqu'un pour faire ses photocopies ?

Il répondit à ma question muette :

— Il est vingt heures. Je suis l'unique membre de mon bureau à travailler encore. Dites-moi, pourquoi n'utilisez-vous pas l'avaleuse ?

505 Je lui expliquai avec un humble sourire qu'il s'agissait des instructions expresses de monsieur Saito.

— Je vois, dit-il d'une voix pleine de sous-entendus.

Il parut réfléchir, puis il me demanda :

— Vous êtes belge, n'est-ce pas ?

510 — Oui.

— Ça tombe bien. J'ai un projet très intéressant avec votre pays. Accepteriez-vous de vous livrer pour moi à une étude ?

Je le regardai comme on regarde le Messie[1]. Il m'expliqua qu'une coopérative belge avait développé un nouveau procédé
515 pour enlever les matières grasses du beurre.

— Je crois au beurre allégé, dit-il. C'est l'avenir.

Je m'inventai sur-le-champ une opinion :

— Je l'ai toujours pensé !

— Venez me voir demain dans mon bureau.

520 J'achevai mes photocopies dans un état second. Une grande

---

1. L'envoyé de Dieu.

carrière s'ouvrait devant moi. Je posai la liasse de feuilles A4 sur la table de monsieur Saito et m'en allai, triomphante.

Le lendemain, quand j'arrivai à la compagnie Yumimoto, Fubuki me dit d'un air apeuré :

525   – Monsieur Saito veut que vous recommenciez les photocopies. Il les trouve décentrées.

J'éclatai de rire et j'expliquai à ma collègue le petit jeu auquel notre chef semblait s'adonner avec moi.

– Je suis sûre qu'il n'a même pas regardé mes nouvelles pho-
530 tocopies. Je les ai faites une par une, calibrées au millimètre près. Je ne sais pas combien d'heures cela m'a pris – tout ça pour le règlement de son club de golf!

Fubuki compatit[1] avec une douceur indignée :

– Il vous torture !

535   Je la réconfortai :

– Ne vous inquiétez pas. Il m'amuse.

---

1. Montra de la compréhension, de la pitié.

BIEN LIRE

• Page 26, l. 394-395 : Quel « crime » Monsieur Saito retient-il ?

• Page 27, l. 410-411 : Combien de fonctions la narratrice a-t-elle remplies depuis le début du récit ?

• Page 30, l. 482, « ergastule » : Quelle condition la narratrice subit-elle ?

• Page 31, l. 507 : Quelle peut-être la matière de ces « sous-entendus » ?

• Page 32, l. 536, « Il m'amuse » : Quel est le ton de cette remarque ?

Je retournai à la photocopieuse que je commençais à connaître très bien et confiai le travail à l'avaleuse : j'étais persuadée que monsieur Saito clamerait son verdict sans le
540 moindre regard pour mon travail. J'eus un sourire ému en pensant à Fubuki : «Elle est si gentille! Heureusement qu'elle est là!»

Au fond, la nouvelle parade de monsieur Saito tombait à point : la veille, j'avais passé plus de sept heures à effectuer, une
545 par une, les mille photocopies. Cela me donnait un alibi[1] excellent pour les heures que je passerais aujourd'hui dans le bureau de monsieur Tenshi. L'avaleuse acheva ma tâche en une dizaine de minutes. J'emportai la liasse et je filai à la section des produits laitiers.

550 Monsieur Tenshi me confia les coordonnées de la coopérative belge :

– J'aurais besoin d'un rapport complet, le plus détaillé possible, sur ce nouveau beurre allégé. Vous pouvez vous asseoir au bureau de monsieur Saitama : il est en voyage d'affaires.

555 Tenshi signifie «ange» : je pensai que monsieur Tenshi portait son nom à merveille. Non seulement il m'accordait ma chance, mais en plus il ne me donnait aucune instruction : il me laissait donc carte blanche, ce qui, au Japon, est exceptionnel. Et il avait pris cette initiative sans demander l'avis de per-
560 sonne : c'était un gros risque pour lui.

J'en étais consciente. En conséquence, je ressentis d'emblée

---

1. Moyen de défense.

pour monsieur Tenshi un dévouement sans bornes – le dévouement que tout Japonais doit à son chef et que j'avais été incapable de concevoir à l'endroit de monsieur Saito et de monsieur
565 Omochi. Monsieur Tenshi était soudain devenu mon com-
mandant, mon capitaine de guerre : j'étais prête à me battre
pour lui jusqu'au bout, comme un samouraï.

Je me jetai dans le combat du beurre allégé. Le décalage
horaire ne permettait pas de téléphoner aussitôt en Belgique :
570 je commençai donc par une enquête auprès des centres de
consommation nippons et autres ministères de la Santé pour
savoir comment évoluaient les habitudes alimentaires de la
population vis-à-vis du beurre et quelles influences ces change-
ments avaient sur les taux de cholestérol[1] nationaux. Il en res-
575 sortit que le Japonais mangeait de plus en plus de beurre et que
l'obésité et les maladies cardiovasculaires ne cessaient de gagner
du terrain au pays du Soleil-Levant.

Quand l'heure me le permit, j'appelai la petite coopérative
belge. Au bout du fil, le gros accent du terroir m'émut comme
580 jamais. Mon compatriote, flatté d'avoir le Japon en ligne, se
montra d'une compétence parfaite. Dix minutes plus tard, je
recevais vingt pages de fax exposant, en français, le nouveau
procédé d'allégement du beurre dont la coopérative détenait les
droits.

585 Je rédigeai le rapport du siècle. Cela débutait par une étude
de marché : consommation du beurre chez les Nippons, évo-

---

1. Graisse qui se trouve dans l'organisme humain.

lution depuis 1950, évolution parallèle des troubles de santé liés à l'absorption excessive de graisse butyrique[1]. Ensuite, je décrivais les anciens procédés d'allégement du beurre, la nouvelle technique belge, ses avantages considérables, etc. Comme je devais écrire cela en anglais, j'emportai du travail chez moi : j'avais besoin de mon dictionnaire pour les termes scientifiques. Je ne dormis pas de la nuit.

Le lendemain, j'arrivai chez Yumimoto avec deux heures d'avance pour dactylographier le rapport et le remettre à monsieur Tenshi sans pour autant être en retard à mon poste au bureau de monsieur Saito.

Celui-ci m'appela aussitôt :

– J'ai inspecté les photocopies que vous avez laissées hier soir sur ma table. Vous êtes en progrès, mais ce n'est pas encore la perfection. Recommencez.

Et il jeta la liasse à la poubelle.

Je courbai la tête et m'exécutai. J'avais du mal à m'empêcher de rire.

Monsieur Tenshi vint me rejoindre près de la photocopieuse. Il me félicita avec toute la chaleur que lui permettaient sa politesse et sa réserve respectueuses :

– Votre rapport est excellent et vous l'avez rédigé à une vitesse extraordinaire. Voulez-vous que je signale, en réunion, qui en est l'auteur ?

C'était un homme d'une générosité rare : il eût été disposé

---

1. Issue du beurre.

à commettre une faute professionnelle si je le lui avais demandé.

– Surtout pas, monsieur Tenshi. Cela vous nuirait autant qu'à moi.

615 – Vous avez raison. Cependant, je pourrais suggérer à messieurs Saito et Omochi, lors des prochaines réunions, que vous me seriez utile. Croyez-vous que monsieur Saito s'en formaliserait[1] ?

– Au contraire. Regardez les paquets de photocopies super-
620 flues qu'il me commande de faire, histoire de m'éloigner le plus longtemps possible de son bureau : il est clair qu'il cherche à se débarrasser de moi. Il sera enchanté que vous lui en fournissiez l'occasion : il ne peut plus me supporter.

– Vous ne serez donc pas froissée si je m'attribue la pater-
625 nité de votre rapport ?

J'étais éberluée[2] de son attitude : il n'était pas tenu d'avoir de tels égards pour le sous-fifre[3] que j'étais.

– Voyons, monsieur Tenshi, c'est un grand honneur pour moi, que vous souhaitiez vous l'attribuer.

630 Nous nous quittâmes en haute estime mutuelle. J'envisageai l'avenir avec confiance. Bientôt, c'en serait fini des brimades absurdes de monsieur Saito, de la photocopieuse et de l'interdiction de parler ma deuxième langue.

---

1. En serait offensé.
2. Stupéfaite.
3. Employée de seconde zone.

BIEN LIRE

• **Page 35, l. 603-604 : De quelle forme de comique le geste de monsieur Saito relève-t-il ?**

Un drame éclata quelques jours plus tard. Je fus convoquée dans le bureau de monsieur Omochi : je m'y rendis sans la moindre appréhension, ignorant ce qu'il me voulait.

Quand je pénétrai dans l'antre[1] du vice-président, je vis monsieur Tenshi assis sur une chaise. Il tourna vers moi son visage et me sourit : ce fut le sourire le plus rempli d'humanité qu'il m'ait été donné de connaître. Il y était écrit : « Nous allons vivre une épreuve abominable, mais nous allons la vivre ensemble. »

Je croyais savoir ce qu'était une engueulade. Ce que je subis me révéla mon ignorance. Monsieur Tenshi et moi reçûmes des hurlements insensés. Je me demande encore ce qui était le pire : le fond ou la forme.

Le fond était incroyablement insultant. Mon compagnon d'infortune et moi nous fîmes traiter de tous les noms : nous étions des traîtres, des nullités, des serpents, des fourbes[2] et – sommet de l'injure – des individualistes.

La forme expliquait de nombreux aspects de l'Histoire nippone : pour que ces cris odieux s'arrêtent, j'aurais été capable du pire – d'envahir la Mandchourie[3], de persécuter des milliers de Chinois, de me suicider au nom de l'Empereur, de jeter mon avion sur un cuirassé américain, peut-être même de travailler pour deux compagnies Yumimoto.

---

1. La caverne, la grotte.
2. Synonyme de traîtres, menteurs.
3. Région au nord-est de la Chine.

Le plus insupportable, c'était de voir mon bienfaiteur humilié par ma faute. Monsieur Tenshi était un homme intelligent et consciencieux : il avait pris un gros risque pour moi, en pleine connaissance de cause. Aucun intérêt personnel n'avait guidé sa démarche : il avait agi par simple altruisme[1]. En récompense de sa bonté, on le traînait dans la boue.

J'essayais de prendre exemple sur lui : il baissait la tête et courbait régulièrement les épaules.

Son visage exprimait la soumission et la honte. Je l'imitai. Mais vint un moment où l'obèse lui dit :

– Vous n'avez jamais eu d'autre but que de saboter la compagnie !

Les choses se passèrent très vite dans ma tête : il ne fallait pas que cet incident compromette l'avancement ultérieur de mon ange gardien. Je me jetai sous le flot grondant des cris du vice-président :

– Monsieur Tenshi n'a pas voulu saboter la compagnie. C'est moi qui l'ai supplié de me confier un dossier. Je suis l'unique responsable.

J'eus juste le temps de voir le regard effaré de mon compagnon d'infortune se tourner vers moi. Dans ses yeux, je lus : « Taisez-vous, par pitié ! » – hélas, trop tard.

Monsieur Omochi resta un instant bouche bée avant de s'approcher de moi et de me hurler en pleine figure :

– Vous osez vous défendre !

---

1. Souci de l'autre.

– Non, au contraire, je m'accable, je prends tous les torts sur moi. C'est moi et moi seule qu'il faut châtier.

– Vous osez défendre ce serpent!

685 – Monsieur Tenshi n'a aucun besoin d'être défendu. Vos accusations à son sujet sont fausses.

Je vis mon bienfaiteur fermer les yeux et je compris que je venais de prononcer l'irréparable.

– Vous osez prétendre que mes paroles sont fausses? Vous 690 êtes d'une grossièreté qui dépasse l'imagination!

– Je n'oserais jamais prétendre une chose pareille. Je pense seulement que monsieur Tenshi vous a dit des choses fausses dans le but de m'innocenter.

L'air de penser qu'au point où nous en étions il ne fallait plus 695 rien redouter, mon compagnon d'infortune prit la parole. Toute la mortification[1] du monde résonnait dans sa voix :

– Je vous en supplie, ne lui en veuillez pas, elle ne sait pas ce qu'elle dit, elle est occidentale, elle est jeune, elle n'a aucune expérience. J'ai commis une faute indéfendable. Ma honte est 700 immense.

– En effet, vous, vous n'avez aucune excuse! hurla l'obèse.

– Si grands soient mes torts, je dois cependant souligner l'excellence du rapport d'Amélie-san[2], et la formidable rapidité avec laquelle elle l'a rédigé.

705 – Là n'est pas la question! C'était à monsieur Saitama d'accomplir ce travail!

---

1. Souffrance infligée à soi-même.
2. Mademoiselle Amélie.

– Il était en voyage d'affaires.

– Il fallait attendre son retour.

– Ce nouveau beurre allégé est sûrement convoité par bien
710 d'autres que nous. Le temps que monsieur Saitama rentre de
voyage et rédige ce rapport, nous aurions pu être devancés.

– Est-ce que par hasard vous remettriez en cause la qualité
du travail de monsieur Saitama ?

– Absolument pas. Mais monsieur Saitama ne parle pas
715 français et ne connaît pas la Belgique. Il aurait rencontré beaucoup plus d'obstacles qu'Amélie-san.

– Taisez-vous. Ce pragmatisme[1] odieux est digne d'un
Occidental.

Je trouvai un peu fort que cela soit dit sans vergogne[2] sous
720 mon nez.

– Pardonnez mon indignité occidentale. Nous avons commis une faute, soit. Il n'empêche qu'il y a un profit à tirer de
notre méfait…

Monsieur Omochi s'approcha de moi avec des yeux terri-
725 fiants qui interrompirent ma phrase :

– Vous, je vous préviens : c'était votre premier et votre dernier rapport. Vous vous êtes mise dans une très mauvaise situation. Sortez ! Je ne veux plus vous voir !

Je ne me le fis pas crier deux fois. Dans le couloir, j'enten-
730 dis encore les hurlements de la montagne de chair et le silence

---

1. Sens des réalités.
2. Sans honte.

contrit[1] de la victime. Puis la porte s'ouvrit et monsieur Tenshi me rejoignit. Nous allâmes ensemble à la cuisine, écrasés par les injures que nous avions dû essuyer.

— Pardonnez-moi de vous avoir entraînée dans cette histoire, 735 finit-il par me dire.

— De grâce, monsieur Tenshi, ne vous excusez pas! Toute ma vie, je vous serai reconnaissante. Vous êtes le seul ici à m'avoir donné ma chance. C'était courageux et généreux de votre part. Je le savais déjà au début, je le sais mieux depuis que 740 j'ai vu ce qui vous est tombé dessus. Vous les aviez surestimés: vous n'auriez pas dû dire que le rapport était de moi.

Il me regarda avec stupéfaction :

— Ce n'est pas moi qui l'ai dit. Rappelez-vous notre discussion : je comptais en parler en haut lieu, à monsieur Haneda, 745 avec discrétion : c'était ma seule chance de parvenir à quelque chose. En le disant à monsieur Omochi, nous ne pouvions que courir à la catastrophe.

— Alors c'est monsieur Saito qui l'a dit au vice-président? Quel salaud, quel imbécile : il aurait pu se débarrasser de moi 750 en faisant mon bonheur – mais non, il a fallu qu'il...

— Ne dites pas trop de mal de monsieur Saito. Il est mieux que vous ne le pensez. Et ce n'est pas lui qui nous a dénoncés. J'ai vu le billet posé sur le bureau de monsieur Omochi, j'ai vu qui l'a écrit.

---

1. Repentant, penaud.

755   – Monsieur Saitama ?

– Non. Faut-il vraiment que je vous le dise ?

– Il le faut !

Il soupira :

– Le billet porte la signature de mademoiselle Mori.

760   Je reçus un coup de massue sur la tête.

– Fubuki ? C'est impossible.

Mon compagnon d'infortune se tut.

– Je n'y crois pas ! repris-je. C'est évidemment ce lâche de Saito qui lui a ordonné d'écrire ce billet – il n'a même pas le 765 courage de dénoncer lui-même, il délègue ses délations[1] !

– Vous vous trompez sur le compte de monsieur Saito : il est coincé, complexé, un peu obtus[2], mais pas méchant. Il ne nous aurait jamais livrés à la colère du vice-président.

– Fubuki serait incapable d'une chose pareille !

770   Monsieur Tenshi se contenta de soupirer à nouveau.

– Pourquoi aurait-elle commis une chose pareille ? continuai-je. Elle vous déteste ?

– Oh non. Ce n'est pas contre moi qu'elle l'a fait. En définitive, cette histoire vous nuit plus qu'à moi. Moi, je n'y ai rien 775 perdu. Vous, vous y perdez des chances d'avancement pour très, très longtemps.

– Enfin, je ne comprends pas ! Elle m'a toujours témoigné des marques d'amitié.

---

1. Dénonciations.
2. Étroit d'esprit.

— Oui. Aussi longtemps que vos tâches consistaient à avancer les calendriers et à photocopier le règlement du club de golf.

— Il était pourtant invraisemblable que je lui prenne sa place !

— En effet. Elle ne l'a jamais redouté.

— Mais alors, pourquoi m'a-t-elle dénoncée ? En quoi cela la dérangeait-il que j'aille travailler pour vous ?

— Mademoiselle Mori a souffert des années pour obtenir le poste qu'elle a aujourd'hui. Sans doute a-t-elle trouvé intolérable que vous ayez une telle promotion après dix semaines dans la compagnie Yumimoto.

— Je ne peux pas le croire. Ce serait tellement misérable de sa part.

— Tout ce que je peux vous dire, c'est qu'elle a vraiment beaucoup, beaucoup souffert pendant ses premières années ici.

— Et du coup, elle veut que je subisse le même sort ! C'est trop lamentable. Il faut que je lui parle.

— Le croyez-vous vraiment ?

— Bien sûr. Comment voulez-vous que les choses s'arrangent, si on n'en parle pas ?

— Tout à l'heure, vous avez parlé à monsieur Omochi, quand il nous abreuvait d'injures. Avez-vous l'impression que les choses s'en sont trouvées arrangées ?

— Ce qui est certain, c'est que si on ne parle pas, il n'y a aucune chance de régler le problème.

— Ce qui me paraît encore plus certain, c'est que si on en parle, il y a de sérieux risques d'aggraver la situation.

805   — Rassurez-vous, je ne vous mêlerai pas à ces histoires. Mais il faut que je parle à Fubuki. Sinon, j'en aurai une rage de dents.

Mademoiselle Mori accueillit ma proposition avec un air de courtoisie étonnée. Elle me suivit. La salle de réunion était vide. Nous nous y installâmes.

810   Je commençai d'une voix douce et posée :

— Je pensais que nous étions amies. Je ne comprends pas.

— Que ne comprenez-vous pas ?

— Allez-vous nier que vous m'avez dénoncée ?

— Je n'ai rien à nier. J'ai appliqué le règlement.

815   — Le règlement est-il plus important pour vous que l'amitié ?

— Amitié est un bien grand mot. Je dirais plutôt « bonnes relations entre collègues ».

Elle proférait[1] ces phrases horribles avec un calme ingénu et affable[2].

---

1. Prononçait.
2. Poli, aimable.

BIEN LIRE

- **Page 37, l. 634 : Remémorez-vous le sens du mot « drame ».**
- **Page 37, l. 644 : De quoi la narratrice est-elle encore ignorante ? l. 650 « individualistes » : Le mot a-t-il toujours une valeur dépréciative ?**
- **Page 39, l. 698-699 : Quel ordre ces justifications semblent-elles suivre ? De quelle audace monsieur Tenshi fait-il lui aussi preuve ?**
- **Page 40, l. 716 : Quelle observation feriez-vous au sujet du prénom de la narratrice ?**
- **Page 41, l. 740, « Vous les aviez surestimés » : Que veut dire le personnage ?**
- **Page 43, l. 789 : Quel sens donner ici à l'adjectif « misérable » ?**

— Je vois. Pensez-vous que nos relations vont continuer à être bonnes, suite à votre attitude ?

— Si vous vous excusez, je n'aurai pas de rancune.

— Vous ne manquez pas d'humour, Fubuki.

— C'est extraordinaire. Vous vous conduisez comme si vous étiez l'offensée alors que vous avez commis une faute grave.

J'eus le tort de sortir une réplique efficace :

— C'est curieux. Je croyais que les Japonais étaient différents des Chinois.

Elle me regarda sans comprendre. Je repris :

— Oui. La délation n'a pas attendu le communisme pour être une valeur chinoise. Et encore aujourd'hui, les Chinois de Singapour, par exemple, encouragent leurs enfants à dénoncer leurs petits camarades. Je pensais que les Japonais, eux, avaient le sens de l'honneur.

Je l'avais certainement vexée, ce qui constituait une erreur de stratégie.

Elle sourit :

— Croyez-vous que vous soyez en position de me donner des leçons de morale ?

— À votre avis, Fubuki, pourquoi ai-je demandé à vous parler ?

— Par inconscience.

— Ne pouvez-vous imaginer que ce soit par désir de réconciliation ?

— Soit. Excusez-vous et nous serons réconciliées.

Je soupirai :

– Vous êtes intelligente et fine. Pourquoi faites-vous semblant de ne pas comprendre?

– Ne soyez pas prétentieuse. Vous êtes très facile à cerner.

850 – Tant mieux. En ce cas, vous comprenez mon indignation.

– Je la comprends et je la désapprouve. C'est moi qui avais des raisons d'être indignée par votre attitude. Vous avez brigué[1] une promotion à laquelle vous n'aviez aucun droit.

– Admettons. Je n'y avais pas droit. Concrètement, qu'est-ce 855 que cela pouvait vous faire? Ma chance ne vous lésait[2] en rien.

– J'ai vingt-neuf ans, vous en avez vingt-deux. J'occupe mon poste depuis l'an passé. Je me suis battue pendant des années pour l'avoir. Et vous, vous imaginiez que vous alliez obtenir un grade équivalent en quelques semaines?

860 – C'est donc ça! Vous avez besoin que je souffre. Vous ne supportez pas la chance des autres. C'est puéril!

Elle eut un petit rire méprisant :

– Et aggraver votre cas comme vous le faites, vous trouvez que c'est une preuve de maturité? Je suis votre supérieure. 865 Croyez-vous avoir le droit de me parler avec cette grossièreté?

– Vous êtes ma supérieure, oui. Je n'ai aucun droit, je sais. Mais je voulais que vous sachiez combien je suis déçue. Je vous tenais en si haute estime.

Elle eut un rire élégant :

870 – Moi, je ne suis pas déçue. Je n'avais pas d'estime pour vous.

---

1. Vous avez prétendu, recherché.
2. Nuisait.

Le lendemain matin, quand j'arrivai à la compagnie Yumimoto, mademoiselle Mori m'annonça ma nouvelle affectation :

– Vous ne changez pas de secteur puisque vous travaillerez ici même, à la comptabilité.

J'eus envie de rire :

– Comptable, moi ? Pourquoi pas trapéziste ?

– Comptable serait un bien grand mot. Je ne vous crois pas capable d'être comptable, dit-elle avec un sourire apitoyé.

Elle me montra un grand tiroir dans lequel étaient entassées les factures des dernières semaines. Puis elle me désigna une armoire où étaient rangés d'énormes registres qui portaient chacun le sigle de l'une des onze sections de Yumimoto.

– Votre travail sera on ne peut plus simple et donc tout à fait à votre portée, m'expliqua-t-elle avec une expression pédagogique. Vous devrez d'abord classer les factures par ordre de date. Ensuite, vous déterminerez pour chacune de quelle section elle dépend. Prenons par exemple celle-ci : onze millions pour de l'emmental finlandais – tiens, quel amusant hasard, c'est la section produits laitiers. Vous prenez le facturier[1] DP et vous recopiez, dans chaque colonne, la date, le nom de la compagnie, le montant. Quand les factures sont consignées et classées, vous les rangez dans ce tiroir-là.

Il fallait reconnaître que ce n'était pas difficile. Je manifestai mon étonnement :

---

1. Livre dans lequel on enregistre les factures.

– Ce n'est pas informatisé ?

– Si : à la fin du mois, monsieur Unaji introduira toutes les factures dans l'ordinateur. Il lui suffira alors de recopier votre travail : cela lui prendra très peu de temps.

900 Les premiers jours, j'avais parfois des hésitations quant au choix des facturiers. Je posais des questions à Fubuki qui me répondait avec une politesse agacée :

– Reming ltd, qu'est-ce que c'est ?

– Métaux non ferreux. Section MM.

905 – Gunzer GMBH, c'est quoi ?

– Produits chimiques. Section CP.

Très vite, je connus par cœur toutes les compagnies et les sections desquelles elles ressortissaient. La tâche me parut de plus en plus facile. Elle était d'un ennui absolu, ce qui ne me déplai-
910 sait pas, car cela me permettait d'occuper mon esprit à autre chose. Ainsi, en consignant les factures, je relevais souvent la tête pour rêver en admirant le si beau visage de ma dénonciatrice.

Les semaines s'écoulaient et je devenais de plus en plus calme. J'appelais cela la sérénité facturière. Il n'y avait pas tant de dif-
915 férence entre le métier de moine copiste[1], au Moyen Âge, et le mien : je passais des journées entières à recopier des lettres et des chiffres. Mon cerveau n'avait jamais été aussi peu sollicité de toute sa vie et découvrait une tranquillité extraordinaire. C'était le zen[2] des livres de comptes. Je me surprenais à penser

---

1. Moine qui recopiait les manuscrits.
2. La sérénité.

que si je devais consacrer quarante années de mon existence à ce voluptueux[1] abrutissement, je n'y verrais pas d'inconvénient.

Dire que j'avais été assez sotte pour faire des études supérieures. Rien de moins intellectuel, pourtant, que ma cervelle qui s'épanouissait dans la stupidité répétitive. J'étais vouée aux ordres contemplatifs[2], je le savais à présent. Noter des nombres en regardant la beauté, c'était le bonheur.

Fubuki avait bien raison : je me trompais de route avec monsieur Tenshi. J'avais rédigé ce rapport pour du beurre, c'était le cas de le dire. Mon esprit n'était pas de la race des conquérants, mais de l'espèce des vaches qui paissent dans le pré des factures en attendant le passage du train de la grâce[3]. Comme il était bon de vivre sans orgueil et sans intelligence. J'hibernais[4].

À la fin du mois, monsieur Unaji vint informatiser mon travail. Il lui fallut deux jours pour recopier mes colonnes de chiffres et de lettres. J'étais ridiculement fière d'avoir été un efficace maillon de la chaîne.

Le hasard – ou fut-ce le destin ? – voulut qu'il gardât pour la fin le facturier CP. Comme pour les dix premiers livres de comptes, il commença par tapoter son clavier sans broncher. Quelques minutes plus tard, je l'entendis s'exclamer !

– Je n'y crois pas ! Je n'y crois pas !

---

1. Qui apporte le plaisir des sens.
2. Ordres religieux dont les membres se vouent à la méditation.
3. Bonheur facile.
4. Je dormais, retirée en moi-même.

Il tourna les pages avec de plus en plus de frénésie[1]. Puis il fut pris d'un fou rire nerveux qui peu à peu se mua en une théorie[2] de petits cris saccadés. Les quarante membres du
945 bureau géant le regardèrent avec stupéfaction.

Je me sentais mal.

Fubuki se leva et courut jusqu'à lui. Il lui montra de très nombreux passages du facturier en hurlant de rire. Elle se retourna vers moi. Elle ne partageait pas l'hilarité maladive de
950 son collègue. Blême, elle m'appela.

– Qu'est-ce que c'est? me demanda-t-elle sèchement en me montrant l'une des lignes incriminées.

Je lus :

– Eh bien, c'est une facture de la GMBH qui date de…

955 – La GMBH? La GMBH! s'emporta-t-elle. Les quarante membres de la section comptabilité éclatèrent de rire. Je ne comprenais pas.

– Pouvez-vous m'expliquer ce qu'est la GMBH? demanda ma supérieure en croisant les bras.

---

1. Excitation nerveuse.
2. Une suite.

BIEN LIRE

• **Page 44, l. 816-817 : Quelle dimension Fubuki évacue-t-elle de la relation entre collègues ?**

• **Page 45 : Que remarquez-vous à propos de la longueur des répliques ? Quel rythme donnent-elles à la conversation ?**

• **Page 47 l. 871-873 : Comment le « drame » se conclue-t-il ?**

• **Page 48, l. 904-906 : Quel est l'effet créé par les sigles ? Quelles qualités la narratrice montre-t-elle ?**

• **Page 49, l. 935 : Relevez le modalisateur.**

960 — C'est une société chimique allemande avec laquelle nous traitons très souvent.

Les hurlements de rire redoublèrent.

— N'avez-vous pas remarqué que GMBH était toujours précédé d'un ou plusieurs noms? continua Fubuki.

965 — Oui. C'est, j'imagine, le nom de ses diverses filiales. J'ai jugé bon de ne pas encombrer le facturier avec ces détails.

Même monsieur Saito, tout coincé qu'il fût, laissait libre cours à son hilarité grandissante. Fubuki, elle, ne riait toujours pas. Son visage exprimait la plus terrifiante des colères conte-970 nues. Si elle avait pu me gifler, elle l'eût fait. D'une voix tranchante comme un sabre, elle me lança :

— Idiote! Apprenez que GMBH est l'équivalent allemand de l'anglais ltd, du français S.A.[1] Les compagnies que vous avez brillamment amalgamées[2] sous l'appellation GMBH n'ont rien 975 à voir les unes avec les autres! C'est exactement comme si vous vous étiez contentée d'écrire ltd pour désigner toutes les compagnies américaines, anglaises et australiennes avec lesquelles nous traitons! Combien de temps va-t-il nous falloir pour rattraper vos erreurs?

980 Je choisis la défense la plus bête possible :

— Quelle idée, ces Allemands, de choisir un sigle aussi long pour dire S.A.!

— C'est ça! C'est peut-être la faute des Allemands, si vous êtes stupide?

---

1. Société anonyme, compagnie, entreprise commerciale.
2. Regroupées.

985 — Calmez-vous, Fubuki, je ne pouvais pas le savoir…

— Vous ne le pouviez pas? Votre pays a une frontière avec l'Allemagne et vous ne pouviez pas savoir ce que nous, qui vivons à l'autre bout de la planète, nous savons?

Je fus sur le point de dire une horreur que, grâce au Ciel, je
990 gardai pour moi : «La Belgique a peut-être une frontière avec l'Allemagne mais le Japon, pendant la dernière guerre, a eu bien plus qu'une frontière en commun avec l'Allemagne!»

Je me contentai de baisser la tête, vaincue.

— Ne restez pas plantée là! Allez donc chercher les factures
995 que vos lumières ont classées en chimie depuis un mois!

En ouvrant le tiroir, j'eus presque envie de rire en constatant que, suite à mes rangements, le classeur des produits chimiques avait atteint des proportions hallucinantes.

Monsieur Unaji, mademoiselle Mori et moi nous mîmes au
1000 travail. Il nous fallut trois jours pour remettre en ordre les onze facturiers. Je n'étais déjà plus en odeur de sainteté quand éclata un événement encore plus grave.

Le premier signe en fut un tremblement dans les grosses épaules du brave Unaji : cela voulait dire qu'il allait commen-
1005 cer à rigoler. La vibration atteignit sa poitrine puis son gosier. Le rire jaillit enfin et j'eus la chair de poule.

Fubuki, déjà blême de rage, demanda :

— Qu'est-ce qu'elle a *encore* fait?

Monsieur Unaji lui montra d'une part la facture et d'autre
1010 part le livre de comptes.

Elle cacha son visage derrière ses mains. J'eus envie de vomir à l'idée de ce qui m'attendait.

Ils tournèrent ensuite les pages et pointèrent diverses factures. Fubuki finit par m'empoigner par le bras : sans un mot, elle me montra les montants que mon écriture inimitable avait recopiés.

– Dès qu'il y a plus de quatre zéros d'affilée, vous n'êtes plus fichue de copier correctement ! Vous rajoutez ou enlevez à chaque fois au moins un zéro !

– Tiens, c'est vrai.

– Est-ce que vous vous rendez compte ? Combien de semaines va-t-il nous falloir, maintenant, pour repérer vos fautes et les corriger ?

– Ce n'est pas facile, tous ces zéros qui se suivent…

– Taisez-vous !

En me tirant par le bras, elle m'entraîna vers l'extérieur. Nous entrâmes dans un bureau vide dont elle ferma la porte.

– Vous n'avez pas honte ?

– Je suis désolée, dis-je lamentablement.

– Non, vous ne l'êtes pas ! Croyez-vous que je sois dupe ? C'est pour vous venger de moi que vous avez commis ces erreurs inqualifiables !

– Je vous jure que non !

– Je le sais bien. Vous m'en voulez tant de vous avoir dénoncée au vice-président pour l'affaire des produits laitiers que vous avez décidé de me ridiculiser publiquement.

– C'est moi que je ridiculise, pas vous.

– Je suis votre supérieure directe et tout le monde sait que c'est moi qui vous ai donné ce poste. C'est donc moi qui suis responsable de vos actes. Et vous le savez bien. Vous vous conduisez aussi bassement que les autres Occidentaux : vous placez votre vanité personnelle plus haut que les intérêts de la compagnie. Pour vous venger de mon attitude envers vous, vous n'avez pas hésité à saboter la comptabilité de Yumimoto, sachant pertinemment que vos torts retomberaient sur moi !

– Je n'en savais rien et je n'ai pas commis ces erreurs exprès !

– Allons ! Je n'ignore pas que vous êtes peu intelligente. Cependant, personne ne pourrait être assez stupide pour faire de pareilles fautes !

– Si : moi.

– Arrêtez ! Je sais que vous mentez.

– Fubuki, je vous donne ma parole d'honneur que je n'ai pas mal recopié exprès.

– L'honneur ! Qu'est-ce que vous y connaissez, à l'honneur ? Elle rit avec mépris.

– Figurez-vous que l'honneur existe aussi en Occident.

– Ah ! Et vous trouvez honorable d'affirmer sans vergogne que vous êtes la dernière des imbéciles ?

– Je ne pense pas que je sois si bête

– Il faudrait savoir ; vous êtes soit une traîtresse, soit une demeurée : il n'y a pas de troisième possibilité.

– Si, il y en a une : c'est moi. Il y a des gens normaux qui se révèlent incapables de recopier des colonnes de chiffres.

— Au Japon, ce genre de personnes n'existe pas.

1065 — Qui songe à contester la supériorité japonaise ? dis-je en prenant un air contrit.

— Si vous apparteniez à la catégorie des handicapés mentaux, il fallait me le dire, au lieu de me laisser vous confier cette tâche.

— Je ne savais pas que j'appartenais à cette catégorie. Je 1070 n'avais jamais recopié des colonnes de chiffres de ma vie.

— C'est quand même curieux ce handicap. Il ne faut aucune intelligence pour retranscrire des montants.

— Précisément : je crois que c'est le problème des gens de mon espèce. Si notre intelligence n'est pas sollicitée[1], notre cer-1075 veau s'endort. D'où mes erreurs.

Le visage de Fubuki quitta enfin son expression de combat pour adopter un étonnement amusé :

— Votre intelligence a besoin d'être sollicitée ? Que c'est excentrique[2] !

1080 — C'est on ne peut plus ordinaire.

— Bon. Je vais réfléchir à un travail qui solliciterait l'intelligence, répéta ma supérieure qui semblait se délecter de cette façon de parler.

— Entre-temps, puis-je aller aider monsieur Unaji à corriger 1085 mes fautes ?

— Surtout pas ! Vous avez commis assez de dégâts comme ça !

---

1. Excitée, attirée.
2. Original.

J'ignore combien de temps il fallut à mon malheureux collègue pour rétablir l'ordre dans les facturiers défigurés par mes soins. Mais il fallut deux jours à mademoiselle Mori pour trou-
1090 ver une occupation qui lui parût à ma portée.

Un classeur énorme m'attendait sur mon bureau.

– Vous vérifierez les notes de frais des voyages d'affaires, me dit-elle.

– Encore de la comptabilité ? Je vous ai pourtant avertie de
1095 mes déficiences.

– Cela n'a plus rien à voir. Ce travail-ci sollicitera votre intelligence, précisa-t-elle avec un sourire narquois[1].

Elle ouvrit le classeur.

– Voici par exemple le dossier que monsieur Shiranai a
1100 constitué en vue d'être remboursé pour ses frais à l'occasion de son voyage d'affaires à Düsseldorf[2]. Vous devez refaire le moindre de ses calculs et les contester si vous n'obtenez pas le même résultat que lui, au yen[3] près. À cette fin, comme la plupart des factures sont réglées en marks, vous devez calculer sur
1105 la base du cours du mark aux dates indiquées sur les tickets. N'oubliez pas que les taux changent chaque jour.

Commença alors l'un des pires cauchemars de ma vie. Dès l'instant où cette nouvelle tâche me fut attribuée, la notion de temps disparut de mon existence pour laisser place à l'éternité

---

1. Moqueur.
2. Ville allemande.
3. Monnaie du Japon.

du supplice. Jamais, au grand jamais, il ne m'arriva de tomber sur un résultat, sinon identique, au moins comparable à ceux que j'étais censée vérifier. Par exemple, si le cadre avait calculé que Yumimoto lui devait 93 327 yens, j'obtenais 15 211 yens, ou alors 172 045 yens. Et il apparut très vite que les erreurs étaient dans mon camp.

À la fin de la première journée, je dis à Fubuki :

– Je ne pense pas être capable de remplir cette mission.

– Il s'agit pourtant d'un travail qui sollicite l'intelligence, répliqua-t-elle, implacable.

– Je ne m'en sors pas, avouai-je lamentablement.

– Vous vous habituerez.

Je ne m'habituai pas. Il se révéla que j'étais incapable, au dernier degré, et malgré des efforts acharnés, d'effectuer ces opérations.

Ma supérieure s'empara du classeur pour me prouver combien c'était facile. Elle prit un dossier et se mit à tapoter, à une vitesse fulgurante, sur sa calculette dont elle n'avait même pas besoin de regarder le clavier. En moins de quatre minutes, elle conclut :

– J'obtiens le même montant que monsieur Saitama, au yen près.

Et elle apposa son cachet sur le rapport.

Subjuguée[1] par cette nouvelle injustice de la nature, je repris

---

1. Dominée, envoûtée.

mon labeur. Ainsi, douze heures ne me suffisaient pas à boucler ce dont Fubuki se jouait en trois minutes cinquante
secondes.

Je ne sais combien de jours s'étaient écoulés quand elle
remarqua que je n'avais encore régularisé aucun dossier.

– Pas même un seul! s'exclama-t-elle.

– En effet, dis-je, attendant mon châtiment.

Pour mon malheur, elle se contenta de montrer le calendrier :

– N'oubliez pas que le classeur doit être achevé pour la fin
du mois.

J'aurais préféré qu'elle se mît à hurler.

Des jours passèrent encore. J'étais en enfer : je recevais sans
cesse des trombes[1] de nombres avec virgules et décimales en
pleine figure. Ils se muaient dans mon cerveau en un magma
opaque et je ne pouvais plus les distinguer les uns des autres. Un
oculiste me certifia que ce n'était pas ma vue qui était en cause.

Les chiffres, dont j'avais toujours admiré la calme beauté
pythagoricienne[2], devinrent mes ennemis. La calculette aussi
me voulait du mal. Au nombre de mes handicaps psychomo-
teurs, il y avait celui-ci : quand je devais tapoter sur un clavier
pendant plus de cinq minutes, ma main se retrouvait soudain
aussi engluée que si je l'avais plongée dans une purée de
pommes de terre épaisse et collante. Quatre de mes doigts
étaient irrémédiablement immobilisés ; seul l'index parvenait

---

1. Des jets puissants.
2. Telle qu'elle a été montrée par Pythagore et ses disciples.

encore à émerger pour atteindre les touches, avec une lenteur et une gaucherie incompréhensibles pour qui ne distinguait pas les patates invisibles.

Et comme, de plus, ce phénomène se doublait d'une rare stupidité face aux chiffres, le spectacle que j'offrais devant la calculette avait de quoi décontenancer. Je commençais par regarder chaque nouveau nombre avec autant d'étonnement que Robinson[1] rencontrant un indigène de ce territoire inconnu ; ensuite, ma main gourde essayait de le reproduire sur le clavier. Pour cela, ma tête ne cessait d'effectuer des allers-retours entre le papier et l'écran, afin d'être sûre de ne pas avoir égaré une virgule ou un zéro en cours de route – le plus étrange étant que ces vérifications minutieuses ne m'empêchaient pas de laisser passer des erreurs colossales.

Un jour, comme je tapotais pitoyablement sur la machine, je levai les yeux et je vis ma supérieure qui m'observait avec consternation.

– Quel est donc votre problème ? me demanda-t-elle.

Pour la rassurer, je lui confiai le syndrome de la purée de pommes de terre qui paralysait ma main. Je crus que cette histoire me rendrait sympathique.

L'unique résultat de ma confidence fut cette conclusion que je lus dans le superbe regard de Fubuki : « À présent, j'ai compris : c'est une véritable handicapée mentale. Tout s'explique. »

---

1. Il s'agit de Robinson Crusoé, héros du roman éponyme de Daniel Defoe (publié en 1719).

La fin du mois approchait et le classeur demeurait aussi épais.

– Êtes-vous sûre que vous ne le faites pas exprès?

– Absolument sûre.

1185 – Y a-t-il beaucoup de… gens comme vous dans votre pays?

J'étais la première Belge qu'elle rencontrait. Un sursaut d'orgueil national me poussa à répondre la vérité :

– Aucun Belge n'est semblable à moi.

– Cela me rassure.

1190 J'éclatai de rire.

– Vous trouvez cela comique?

– On ne vous a jamais dit, Fubuki, qu'il était avilissant[1] de rudoyer les handicapés mentaux?

– Si. Mais on ne m'avait pas prévenue que j'aurais l'un 1195 d'entre eux sous mes ordres.

---

1. Qui rabaisse, deshonorant.

BIEN LIRE

• **Page 50 : Quelle est la nature du rire qui surgit dans cette page et dans les suivantes?**

• **Page 53, l. 1017-1019 : Retournez à la page 15, l. 158-160 pour comprendre la faute du personnage**

• **Page 54 : De quelle intelligence Amélie-san est-elle dépourvue?**

• **Page 55, l. 1073-1075 : À quel constat antérieur renvoient ces lignes?**

• **Page 56, l. 1107 : Que marque ce connecteur de temps?**

• **Page 58, l. 1150-1152 : Quel procédé est appliqué aux chiffres et à la calculette?**

Je rigolai de plus belle.

– Je ne vois toujours pas ce qui vous amuse.

– Cela fait partie de ma maladie psychomotrice[1].

– Concentrez-vous plutôt sur votre travail.

1200 Le 28, je lui annonçai ma décision de ne plus rentrer chez moi le soir :

– Avec votre permission, je passerai les nuits ici, à mon poste.

– Votre cerveau est-il plus efficace dans l'obscurité ?

1205 – Espérons-le. Peut-être cette nouvelle contrainte le rendra-t-elle enfin opérationnel.

Je reçus son autorisation sans difficulté. Il n'était pas rare que des employés restent au bureau toute la nuit, quand il y avait des échéances à respecter.

1210 – Croyez-vous qu'une nuit suffira ?

– Certainement pas. Je n'ai pas prévu de rentrer chez moi avant le 31.

Je lui montrai un sac à dos :

– J'ai apporté ce qu'il me faut.

1215 Une certaine griserie[2] s'empara de moi lorsque je me retrouvai seule dans la compagnie Yumimoto. Elle passa très vite, quand je constatai que mon cerveau ne fonctionnait pas mieux la nuit. Je travaillai sans trêve : cet acharnement ne donna aucun résultat.

---

1. Qui touche les fonctions motrices et psychiques.
2. Ivresse.

1220 À quatre heures du matin, j'allai faire une rapide toilette devant un lavabo et me changer. Je bus un thé très fort et regagnai mon poste.

Les premiers employés arrivèrent à sept heures. Fubuki arriva une heure plus tard. Elle eut un bref regard sur le casier des 1225 notes de frais vérifiées et vit qu'il était toujours aussi vide. Elle hocha la tête.

Une nuit blanche succéda à la précédente. La situation demeurait inchangée. Dans mon crâne, les choses restaient aussi confuses. J'étais pourtant très loin du désespoir. Je res-1230 sentais un optimisme incompréhensible qui me rendait audacieuse. Ainsi, sans interrompre mes calculs, je tenais à ma supérieure des discours pour le moins hors de propos :

– Dans votre prénom, il y a la neige. Dans la version japonaise de mon prénom, il y a la pluie. Cela me paraît pertinent. 1235 Il y a entre vous et moi la même différence qu'entre la neige et la pluie. Ce qui ne nous empêche pas d'être composées d'un matériau identique.

– Trouvez-vous vraiment qu'il y ait un point de comparaison entre vous et moi ?

1240 Je riais. En vérité, à cause du manque de sommeil, je riais pour un rien. J'avais parfois des coups de fatigue et de découragement, mais je ne tardais jamais à retomber dans mon hilarité.

Mon tonneau des Danaïdes[1] ne cessait de se remplir de

---

1. Référence au supplice éternel infligé aux quarante-neuf filles de Danaos, qui remplissent des tonneaux criblés de trous dont l'eau s'échappe au fur et à mesure.

chiffres que mon cerveau percé laissait fuir. J'étais le Sisyphe[1] de la comptabilité et, tel le héros mythique, je ne me désespérais jamais, je recommençais les opérations inexorables[2] pour la centième fois, la millième fois. Je me dois au passage de signaler ce prodige : je me trompai mille fois, ce qui eût été consternant comme de la musique répétitive si mes mille erreurs n'avaient été diverses à chaque fois ; j'obtins, pour chaque calcul, mille résultats différents. J'avais du génie.

Il n'était pas rare qu'entre deux additions je relève la tête pour contempler celle qui m'avait mise aux galères. Sa beauté me stupéfiait. Mon seul regret était son brushing propret qui immobilisait ses cheveux mi-longs en une courbe imperturbable dont la rigidité signifiait : « Je suis une *executive woman*[3]. » Alors, je me livrais à un délicieux exercice : je la décoiffais mentalement. À cette chevelure éclatante de noirceur, je rendais la liberté. Mes doigts immatériels lui donnaient un négligé admirable. Parfois, je me déchaînais, je lui mettais les cheveux dans un tel état qu'elle semblait avoir passé une folle nuit d'amour. Cette sauvagerie la rendait sublime.

Il advint que Fubuki me surprit dans mon métier de coiffeuse imaginaire :

– Pourquoi me regardez-vous comme ça ?

---

1. Roi de Corinthe, puni par Zeus parce qu'il l'avait dénoncé auprès du dieu-fleuve Asopos, dont il venait d'enlever la fille. Précipité dans l'Hadès, il est condamné à rouler une grosse pierre jusqu'en haut d'une montagne, d'où elle redescend aussitôt.
2. Inflexibles, cruelles.
3. Une femme qui prend les décisions.

– Je pensais qu'en japonais, «cheveux» et «dieu» se disent de la même façon.

– «Papier» aussi, ne l'oubliez pas. Retournez à votre paperasse.

1270 Mon flou mental s'aggravait d'heure en heure. Je savais de moins en moins ce que je devais dire ou ne pas dire. En cherchant le cours de la couronne suédoise à la date du 20/2/1990, ma bouche prit l'initiative de parler :

– Qu'est-ce que vous vouliez devenir plus tard, quand vous 1275 étiez petite ?

– Championne de tir à l'arc.

– Cela vous irait bien !

Comme elle ne me rendait pas ma question, j'enchaînai :

– Moi, quand j'étais petite, je voulais devenir Dieu. Le Dieu 1280 des chrétiens, avec un grand D. Vers l'âge de cinq ans, j'ai compris que mon ambition était irréalisable. Alors, j'ai mis un peu d'eau dans mon vin et j'ai décidé de devenir le Christ. J'imaginais ma mort sur la croix devant l'humanité entière. À l'âge de sept ans, j'ai pris conscience que cela ne m'arriverait 1285 pas. J'ai résolu, plus modestement, de devenir martyre[1]. Je me suis tenue à ce choix pendant de nombreuses années. Ça n'a pas marché non plus.

– Et ensuite ?

– Vous le savez : je suis devenue comptable chez Yumimoto. 1290 Et je crois que je ne pouvais pas descendre plus bas.

– Vous croyez ? demanda-t-elle avec un drôle de sourire.

---

1. Personne qui souffre et se sacrifie au nom de sa foi.

Vint la nuit du 30 au 31. Fubuki fut la dernière à partir. Je me demandais pourquoi elle ne m'avait pas congédiée : n'était-il pas trop clair que je ne parviendrais jamais à boucler même le centième de mon travail ?

Je me retrouvai seule. C'était ma troisième nuit blanche d'affilée, dans le bureau géant. Je tapotais sur la calculette et notais des résultats de plus en plus incongrus[1].

Il m'arriva alors une chose fabuleuse : mon esprit passa de l'autre côté.

Soudain, je ne fus plus amarrée. Je me levai. J'étais libre. Jamais je n'avais été aussi libre. Je marchai jusqu'à la baie vitrée. La ville illuminée était très loin au-dessous de moi. Je dominais le monde. J'étais Dieu. Je défenestrai[2] mon corps pour en être quitte.

J'éteignis les néons. Les lointaines lumières de la cité suffisaient à y voir clair. J'allai à la cuisine chercher un Coca que je bus d'un trait. De retour à la section comptabilité, je délaçai mes souliers et les envoyai promener. Je sautai sur un bureau, puis de bureau en bureau, en poussant des cris de joie.

J'étais si légère que les vêtements m'accablaient. Je les enle-

---

1. Inattendus, déplacés.
2. Jetai mon corps par la fenêtre.

BIEN LIRE

- **Page 60, l. 1188 : Quel est le double sens de cette réplique ?**
- **Page 62-63 : Quelle est l'arme utilisée par Amélie contre ses divers bourreaux ?**
- **Page 63, l. 1252-1262 : Le premier paragraphe ne serait-il pas teinté d'érotisme ?**
- **Page 64, l. 1285-1290 : Quel verbe assure l'association entre les mots « martyre » et « Yumimoto » ?**

vai un à un et les dispersai autour de moi. Quand je fus nue, je fis le poirier – moi qui de ma vie n'en avais jamais été capable. Sur les mains, je parcourus les bureaux adjacents. Ensuite, après une culbute parfaite, je bondis et me retrouvai assise à la place de ma supérieure.

Fubuki, je suis Dieu. Même si tu ne crois pas en moi, je suis Dieu. Tu commandes, ce qui n'est pas grand-chose. Moi, je règne. La puissance ne m'intéresse pas. Régner, c'est tellement plus beau. Tu n'as pas idée de ma gloire. C'est bon, la gloire. C'est de la trompette jouée par les anges en mon honneur. Jamais je n'ai été aussi glorieuse que cette nuit. C'est grâce à toi. Si tu savais que tu travailles à ma gloire !

Ponce Pilate[1] ne savait pas non plus qu'il œuvrait pour le triomphe du Christ. Il y a eu le Christ aux oliviers, moi je suis le Christ aux ordinateurs. Dans l'obscurité qui m'entoure se hérisse la forêt des ordinateurs de haute futaie[2].

Je regarde ton ordinateur, Fubuki. Il est grand et magnifique. Les ténèbres lui donnent l'apparence d'une statue de l'île de Pâques[3]. Minuit est passé : c'est aujourd'hui vendredi, mon vendredi saint, jour de Vénus en français, jour de l'or en japonais, et je vois mal quelle cohérence je pourrais trouver entre cette souffrance judéo-chrétienne[4], cette volupté latine et cette adoration nippone du métal incorruptible.

---

1. Préfet de Judée au moment du jugement de Jésus ; ne voyant pas de motif de condamnation à retenir contre celui-ci, il se lave les mains devant la foule et déclare : «Je suis innocent de la mort de ce juste.»
2. Très élevés.
3. Île située au large du Chili, dominée par des statues monumentales.
4. Issue des cultures juive et chrétienne.

Depuis que j'ai quitté le monde séculier[1] pour entrer dans
1335 les ordres, le temps a perdu toute consistance et s'est mué en
une calculette sur laquelle je pianote des nombres bourrés d'erreurs. Je crois que c'est Pâques. Du haut de ma tour de Babel[2],
je regarde vers le parc d'Ueno et je vois des arbres enneigés :
des cerisiers en fleur – oui, ce doit être Pâques.

1340 Autant Noël me déprime, autant Pâques me réjouit. Un
Dieu qui devient un bébé, c'est consternant. Un pauvre type
qui devient Dieu, c'est quand même autre chose. J'enlace l'ordinateur de Fubuki et le couvre de baisers. Moi aussi, je suis
une pauvre crucifiée. Ce que j'aime, dans la crucifixion, c'est
1345 que c'est la fin. Je vais enfin cesser de souffrir. Ils m'ont mar-
telé le corps de tant de nombres qu'il n'y a plus place pour la
moindre décimale. Ils me trancheront la tête avec un sabre et
je ne sentirai plus rien.

C'est une grande chose que de savoir quand on va mourir.
1350 On peut s'organiser et faire de son dernier jour une œuvre d'art.
Au matin, mes bourreaux arriveront et je leur dirai : « J'ai failli[3] !
Tuez-moi. Accomplissez mon ultime volonté. que ce soit
Fubuki qui me donne la mort. Qu'elle me dévisse le crâne
comme à un poivrier. Mon sang coulera et ce sera du poivre
1355 noir. Prenez et mangez, car ceci est mon poivre qui sera versé
pour vous et pour la multitude, le poivre de l'alliance nouvelle
et éternelle. Vous éternuerez en mémoire de moi. »

---

1. Laïque.
2. Les hommes voulurent bâtir une tour dont le sommet touche le ciel ; Dieu, courroucé, les dispersa, les empêchant ainsi de bâtir leur ville. (Ancien Testament, Genèse, 11, 1-9)
3. J'ai commis une faute.

Soudain, le froid s'empare de moi. J'ai beau serrer l'ordinateur dans mes bras, ça ne réchauffe pas. Je remets mes vête-
1360 ments. Comme je claque toujours des dents, je me couche par terre et je renverse sur moi le contenu de la poubelle. Je perds connaissance.

On me crie dessus. J'ouvre les yeux et je vois des détritus. Je les referme.
1365 Je retombe dans l'abîme.

J'entends la douce voix de Fubuki :
— Je la reconnais bien là. Elle s'est recouverte d'ordures pour qu'on n'ose pas la secouer. Elle s'est rendue intouchable. C'est dans sa manière. Elle n'a aucune dignité. Quand je lui dis
1370 qu'elle est bête, elle me répond que c'est plus grave, qu'elle est une handicapée mentale. Il faut toujours qu'elle s'abaisse. Elle croit que cela la met hors de portée. Elle se trompe.
J'ai envie d'expliquer que c'était pour me protéger du froid. Je n'ai pas la force de parler. Je suis au chaud sous les saletés de
1375 Yumimoto. Je sombre encore.
J'émergeai. À travers une couche de paperasse chiffonnée, de canettes, de mégots mouillés de Coca, j'aperçus l'horloge qui indiquait dix heures du matin.

BIEN LIRE
• **L. 1361-1362, «Je perds connaissance» : Trouvez le mot adéquat pour nommer l'expérience nocturne relatée dans les pages précédentes.**

Je me relevai. Personne n'osa me regarder, à part Fubuki qui
me dit avec froideur :

– La prochaine fois que vous déciderez de vous déguiser en
clocharde, ne le faites plus dans notre entreprise. Il y a des stations de métro pour ça.

Malade de honte, je pris mon sac à dos et filai aux toilettes où
je me changeai et me lavai la tête sous le robinet. Quand je revins,
une femme d'ouvrage avait déjà nettoyé les traces de ma folie.

– J'aurais voulu faire ça moi-même, dis-je, gênée.

– Oui, commenta Fubuki. Ça, au moins, vous en auriez
peut-être été capable.

– J'imagine que vous pensez aux vérifications de frais. Vous
avez raison : c'est au-dessus de mes capacités. Je vous l'annonce
solennellement : je renonce à cette tâche.

– Vous y avez mis le temps, observa-t-elle, narquoise.

« C'était donc ça, pensai-je. Elle voulait que ce soit moi qui
le dise. Évidemment : c'est beaucoup plus humiliant. »

– L'échéance[1] tombe ce soir, repris-je.

– Donnez-moi le classeur.

En vingt minutes, elle avait fini.

Je passai la journée comme un zombie. J'avais la gueule de
bois. Mon bureau était recouvert de liasses de papiers couverts
d'erreurs de calcul. Je les jetai un à un.

Quand je voyais Fubuki travailler à son ordinateur, j'avais

---

1. La fin du délai imparti.

du mal à m'empêcher de rire. Je me revoyais la veille, nue, assise sur le clavier, enlaçant la machine avec mes bras et mes jambes. Et à présent, la jeune femme posait ses doigts sur les touches. C'était la première fois que je m'intéressais à l'informatique.

Les quelques heures de sommeil sous les détritus n'avaient pas suffi à m'extraire de la bouillie que l'excès de chiffres avait fait de mon cerveau. Je pataugeais, je cherchais sous les décombres les cadavres de mes repères mentaux. Cependant, je savourais déjà un répit miraculeux : pour la première fois depuis des semaines interminables, je n'étais pas en train de tapoter sur la calculette.

Je redécouvrais le monde sans nombres. Puisqu'il y a l'analphabétisme, il devrait y avoir l'anarythmétisme pour parler du drame particulier aux gens de mon espèce.

Je rentrai dans le siècle. Il peut paraître étrange que, après ma nuit de folie, les choses aient repris comme si rien de grave n'était arrivé. Certes, personne ne m'avait vue parcourir les bureaux toute nue, en marchant sur les mains, ni rouler un patin à un honnête ordinateur. Mais on m'avait quand même retrouvée endormie sous le contenu de la poubelle. Dans d'autres pays, on m'eût peut-être mise à la porte pour ce genre de comportement.

Singulièrement, il y a une logique à cela : les systèmes les plus autoritaires suscitent, dans les nations où ils sont d'application, les cas les plus hallucinants de déviance[1] – et, par ce fait même, une relative tolérance à l'égard des bizarreries humaines les plus sidérantes. On ne sait ce qu'est un excentrique si l'on n'a pas rencontré un excentrique nippon. J'avais dormi sous les ordures ? On en avait vu d'autres. Le Japon est un pays qui sait ce que « craquer » veut dire.

Je recommençai à jouer les utilités. Il me serait difficile d'exprimer la volupté avec laquelle je préparais le thé et le café : ces gestes simples qui ne présentaient aucun obstacle à ma pauvre cervelle me recousaient l'esprit.

Le plus discrètement possible, je me remis à avancer les calendriers. Je m'efforçais d'avoir l'air affairée tout le temps, si grande était ma peur qu'on me recolle aux chiffres.

Mine de rien, eut lieu un événement : je rencontrai Dieu. L'ignoble vice-président m'avait commandé une bière, trouvant sans doute qu'il n'était pas assez gros comme ça. J'étais venue la lui apporter avec un dégoût poli. Je quittais l'antre de l'obèse quand s'ouvrit la porte du bureau voisin : je tombai nez à nez avec le président.

Nous nous regardâmes l'un l'autre avec stupéfaction. De ma part, c'était compréhensible : il m'était enfin donné de voir le dieu de Yumimoto. De la sienne, c'était moins facile à expli-

---

1. Comportement s'écartant de la norme.

BIEN LIRE

• L. 1416, « l'anarythmétisme » : Ce mot est-il un néologisme ?

• L. 1432-1433 : À quels faits la narratrice peut-elle faire allusion ?

quer : savait-il même que j'existais ? Il sembla que ce fut le cas
car il s'exclama, avec une voix d'une beauté et d'une délicatesse
insensées :

– Vous êtes sûrement Amélie-san !

Il sourit et me tendit la main. J'étais tellement ahurie que je
ne pus émettre un son. Monsieur Haneda était un homme
d'une cinquantaine d'années, au corps mince et au visage d'une
élégance exceptionnelle. Il se dégageait de lui une impression
de profonde bonté et d'harmonie. Il eut pour moi un regard
d'une amabilité si vraie que je perdis le peu de contenance[1] qui
me restait.

Il s'en alla. Je demeurai seule dans le couloir, incapable de
bouger. Ainsi donc, le président de ce lieu de torture, où je
subissais chaque jour des humiliations absurdes, où j'étais l'objet de tous les mépris, le maître de cette géhenne[2] était ce
magnifique être humain, cette âme supérieure !

C'était à n'y rien comprendre. Une société dirigée par un
homme d'une noblesse si criante eût dû être un paradis raffiné,
un espace d'épanouissement et de douceur. Quel était ce mystère ? Était-il possible que Dieu règne sur les Enfers ?

J'étais toujours figée de stupeur quand me fut apportée la
réponse à cette question. La porte du bureau de l'énorme
Omochi s'ouvrit et j'entendis la voix de l'infâme qui me hurlait :

– Qu'est-ce que vous fichez là ? On ne vous paie pas pour
traîner dans les couloirs !

---

1. Contrôle de soi.
2. Vocabulaire biblique, qui désigne une vallée de souffrances, de larmes.

475 Tout s'expliquait : à la compagnie Yumimoto, Dieu était le président et le vice-président était le Diable.

Fubuki, elle, n'était ni Diable ni Dieu : c'était une Japonaise.

Toutes les Nippones ne sont pas belles. Mais quand l'une d'entre elles se met à être belle, les autres n'ont qu'à bien se 480 tenir.

Toute beauté est poignante, mais la beauté japonaise est plus poignante encore. D'abord parce que ce teint de lys, ces yeux suaves[1], ce nez aux ailes inimitables, ces lèvres aux contours si dessinés, cette douceur compliquée des traits ont déjà de quoi 485 éclipser les visages les plus réussis.

Ensuite parce que ses manières la stylisent et font d'elle une œuvre d'art inaccessible à l'entendement.

Enfin et surtout parce qu'une beauté qui a résisté à tant de corsets physiques et mentaux, à tant de contraintes, d'écrase-490 ments, d'interdits absurdes, de dogmes[2], d'asphyxie, de désolations, de sadisme, de conspiration du silence et d'humiliations – une telle beauté, donc, est un miracle d'héroïsme.

Non que la Nippone soit une victime, loin de là. Parmi les femmes de la planète, elle n'est vraiment pas la plus mal lotie. 495 Son pouvoir est considérable : je suis bien placée pour le savoir.

Non : s'il faut admirer la Japonaise – et il le faut –, c'est parce qu'elle ne se suicide pas. On conspire contre son idéal depuis sa plus tendre enfance. On lui coule du plâtre à l'intérieur du cer-

---

1. Doux.
2. Règles, lois.

veau : « Si à vingt-cinq ans tu n'es pas mariée, tu auras de bonnes
1500 raisons d'avoir honte », « si tu ris, tu ne seras pas distinguée »,
« si ton visage exprime un sentiment, tu es vulgaire », « si tu men-
tionnes l'existence d'un poil sur ton corps, tu es immonde[1] »,
« si un garçon t'embrasse sur la joue en public, tu es une putain »,
« si tu manges avec plaisir, tu es une truie », « si tu éprouves du
1505 plaisir à dormir, tu es une vache », etc. Ces préceptes seraient
anecdotiques s'ils ne s'en prenaient pas à l'esprit.

Car, en fin de compte, ce qui est assené à la Nippone à travers ces dogmes incongrus, c'est qu'il ne faut rien espérer de
beau. N'espère pas jouir, car ton plaisir t'anéantirait. N'espère
1510 pas être amoureuse, car tu n'en vaux pas la peine : ceux qui t'aimeraient t'aimeraient pour tes mirages, jamais pour ta vérité.
N'espère pas que la vie t'apporte quoi que ce soit, car chaque
année qui passera t'enlèvera quelque chose. N'espère pas même
une chose aussi simple que le calme, car tu n'as aucune raison
1515 d'être tranquille.

Espère travailler. Il y a peu de chances, vu ton sexe, que tu
t'élèves beaucoup, mais espère servir ton entreprise. Travailler
te fera gagner de l'argent, dont tu ne retireras aucune joie mais
dont tu pourras éventuellement te prévaloir, par exemple en cas
1520 de mariage – car tu ne seras pas assez sotte pour supposer que
l'on puisse vouloir de toi pour ta valeur intrinsèque[2].

À part cela, tu peux espérer vivre vieille, ce qui n'a pourtant

---

1. Repoussante.
2. Qui est le propre de toi-même.

aucun intérêt, et ne pas connaître le déshonneur, ce qui est une fin en soi. Là s'arrête la liste de tes espoirs licites[1].

525   Ici commence l'interminable théorie[2] de tes devoirs stériles. Tu devras être irréprochable, pour cette seule raison que c'est la moindre des choses. Être irréprochable ne te rapportera rien d'autre que d'être irréprochable, ce qui n'est ni une fierté ni encore moins une volupté.

530   Je ne pourrai jamais énumérer tous tes devoirs, car il n'y a pas une minute de ta vie qui ne soit régentée par l'un d'entre eux. Par exemple, même quand tu seras isolée aux toilettes pour l'humble besoin de soulager ta vessie, tu auras l'obligation de veiller à ce que personne ne puisse entendre la chansonnette de 535   ton ruisseau : tu devras donc tirer la chasse sans trêve.

Je cite ce cas pour que tu comprennes ceci : si même des domaines aussi intimes et insignifiants de ton existence sont soumis à un commandement, songe, a fortiori, à l'ampleur des contraintes qui pèseront sur les moments essentiels de ta vie.

540   Tu as faim ? Mange à peine, car tu dois rester mince, non pas pour le plaisir de voir les gens se retourner sur ta silhouette dans la rue – ils ne le feront pas –, mais parce qu'il est honteux d'avoir des rondeurs.

Tu as pour devoir d'être belle. Si tu y parviens, ta beauté ne 545   te vaudra aucune volupté. Les uniques compliments que tu recevrais émaneraient d'Occidentaux, et nous savons combien

---

1. Qui te sont permis.
2. Défilé, liste.

ils sont dénués de bon goût. Si tu admires ta propre joliesse[1] dans le miroir, que ce soit dans la peur et non dans le plaisir : car ta beauté ne t'apportera rien d'autre que la terreur de la 1550 perdre. Si tu es une belle fille, tu ne seras pas grand-chose ; si tu n'es pas une belle fille, tu seras moins que rien.

Tu as pour devoir de te marier, de préférence avant tes vingt-cinq ans qui seront ta date de péremption. Ton mari ne te donnera pas d'amour, sauf si c'est un demeuré, et il n'y a pas de 1555 bonheur à être aimée d'un demeuré. De toute façon, qu'il t'aime ou non, tu ne le verras pas. À deux heures du matin, un homme épuisé et souvent ivre te rejoindra pour s'effondrer sur le lit conjugal, qu'il quittera à six heures sans t'avoir dit un mot.

Tu as pour devoir d'avoir des enfants que tu traiteras comme 1560 des divinités jusqu'à leurs trois ans, âge où, d'un coup sec, tu les expulseras du paradis pour les inscrire au service militaire, qui durera de trois à dix-huit ans puis de vingt-cinq ans à leur mort. Tu es obligée de mettre au monde des êtres qui seront d'autant plus malheureux que leurs trois premières années de 1565 vie leur auront inculqué[2] la notion du bonheur.

Tu trouves ça horrible ? Tu n'es pas la première à le penser. Tes semblables le pensent depuis 1960. Tu vois bien que cela n'a servi à rien. Nombre d'entre elles se sont révoltées et tu te révolteras peut-être pendant la seule période librc de ta vie, 1570 entre dix-huit et vingt-cinq ans. Mais à vingt-cinq ans, tu

1. Grâce, beauté.
2. Appris.

t'apercevras soudain que tu n'es pas mariée et tu auras honte. Tu quitteras ta tenue excentrique pour un tailleur propret, des collants blancs et des escarpins grotesques, tu soumettras ta splendide chevelure lisse à un brushing désolant et tu seras soulagée si quelqu'un – mari ou employeur – veut de toi.

Pour le cas très improbable où tu ferais un mariage d'amour, tu serais encore plus malheureuse, car tu verrais ton mari souffrir. Mieux vaut que tu ne l'aimes pas : cela te permettra d'être indifférente au naufrage de ses idéaux, car ton mari en a encore, lui. Par exemple, on lui a laissé espérer qu'il serait aimé d'une femme. Il verra vite, pourtant, que tu ne l'aimes pas. Comment pourrais-tu aimer quelqu'un avec le plâtre qui t'immobilise le cœur ? On t'a imposé trop de calculs pour que tu puisses aimer. Si tu aimes quelqu'un, c'est qu'on t'a mal éduquée. Les premiers jours de tes noces, tu simuleras toutes sortes de choses. Il faut reconnaître qu'aucune femme ne simule avec ton talent.

Ton devoir est de te sacrifier pour autrui. Cependant, n'imagine pas que ton sacrifice rendra heureux ceux auxquels tu le dédieras. Cela leur permettra de ne pas rougir de toi. Tu n'as aucune chance ni d'être heureuse ni de rendre heureux.

Et si par extraordinaire ton destin échappait à l'une de ces prescriptions, n'en déduis surtout pas que tu as triomphé : déduis-en que tu te trompes. D'ailleurs, tu t'en rendras compte très vite, car l'illusion de ta victoire ne peut être que provisoire. Et ne jouis pas de l'instant : laisse cette erreur de calcul aux Occidentaux. L'instant n'est rien, ta vie n'est rien. Aucune durée ne compte qui soit inférieure à dix mille ans.

Si cela peut te consoler, personne ne te considère comme moins intelligente que l'homme. Tu es brillante, cela saute aux yeux de tous, y compris de ceux qui te traitent si bassement. Pourtant, à y réfléchir, trouves-tu cela si consolant ? Au moins, si l'on te pensait inférieure, ton enfer serait explicable et tu pourrais en sortir en démontrant, conformément aux préceptes de la logique, l'excellence de ton cerveau. Or, on te sait égale, voire supérieure : ta géhenne est donc absurde, ce qui signifie qu'il n'y a pas d'itinéraire pour la quitter.

Si : il y en a un. Un seul mais auquel tu as pleinement droit, sauf si tu as commis la sottise de te convertir au christianisme : tu as le droit de te suicider. Au Japon, nous savons que c'est un acte de grand honneur. N'imagine surtout pas que l'au-delà est l'un de ces paradis joviaux[1] décrits par les sympathiques Occidentaux. De l'autre côté, il n'y a rien de si formidable. En compensation, pense à ce qui en vaut la peine : ta réputation posthume[2]. Si tu te suicides, elle sera éclatante et fera la fierté de tes proches. Tu auras une place de choix dans le caveau familial : c'est là le plus haut espoir qu'un humain puisse nourrir.

---

1. Sources de joie.
2. Qui est postérieur à la mort.

BIEN LIRE

• **Page 74, l. 1505 : À qui renvoie le pronom indéfini « On », émetteur de tous ces préceptes ?**

• **Page 75, à partir de la l. 1526 : Quelle valeur donneriez-vous au futur simple ?**

• **Page 76, l. 1567 : La décennie commencée en 1960 marque, dans le monde entier, le début d'une ère de revendication des « minorités », dont les femmes.**

• **Page 78, l. 1609 : Remarquez le passage au « nous », quel point de vue exprime-t-il ?**

Certes, tu peux ne pas te suicider. Mais alors, tôt ou tard, tu ne tiendras plus et tu verseras dans un déshonneur quelconque : tu prendras un amant, ou tu t'adonneras à la goinfrerie, ou tu deviendras paresseuse – va-t'en savoir. Nous avons observé que les humains en général, et les femmes en particulier, ont du mal à vivre longtemps sans sombrer dans l'un de ces travers liés au plaisir charnel. Si nous nous méfions de ce dernier, ce n'est pas par puritanisme[1] : loin de nous cette obsession américaine

En vérité, il vaut mieux éviter la volupté parce qu'elle fait transpirer. Il n'y a pas plus honteux que la sueur. Si tu manges à grandes bouchées ton bol de nouilles brûlantes, si tu te livres à la rage du sexe, si tu passes ton hiver à somnoler près du poêle, tu sueras. Et plus personne ne doutera de ta vulgarité.

Entre le suicide et la transpiration, n'hésite pas. Verser son sang est aussi admirable que verser sa sueur est innommable. Si tu te donnes la mort, tu ne transpireras plus jamais et ton angoisse sera finie pour l'éternité.

Je ne pense pas que le sort du Japonais soit beaucoup plus enviable. Dans les faits, je pense même le contraire. La Nippone, elle, a au moins la possibilité de quitter l'enfer de l'entreprise en se mariant. Et ne pas travailler dans une compagnie japonaise me paraît une fin en soi.

Mais le Nippon, lui, n'est pas un asphyxié. On n'a pas détruit

---

1. Morale chrétienne stricte.

en lui, dès son plus jeune âge, toute trace d'idéal. Il possède l'un des droits humains les plus fondamentaux : celui de rêver, d'espérer. Et il ne s'en prive pas. Il imagine des mondes chimériques[1] où il est maître et libre.

1645   La Japonaise n'a pas ce recours, si elle est bien éduquée – et c'est le cas de la majorité d'entre elles. On l'a pour ainsi dire amputée de cette faculté essentielle. C'est pourquoi je proclame ma profonde admiration pour toute Nippone qui ne s'est pas suicidée. De sa part, rester en vie est un acte de résistance d'un
1650   courage aussi désintéressé que sublime.

Ainsi pensais-je en contemplant Fubuki.

– Peut-on savoir ce que vous faites ? me demanda-t-elle d'une voix acerbe[2].

– Je rêve. Ça ne vous arrive jamais ?

1655   – Jamais.

Je souris. Monsieur Saito venait de devenir père d'un deuxième enfant, un garçon. L'une des merveilles de la langue japonaise est que l'on peut créer des prénoms à l'infini, à partir de toutes les catégories du discours. Par l'une de ces bizar-
1660   reries dont la culture nippone offre d'autres exemples, celles qui n'ont pas le droit de rêver portent des prénoms qui font rêver, comme Fubuki. Les parents se permettent les plus délicats lyrismes[3] quand il est question de nommer une fille. En

---

1. Inventés par l'imaginaire, le rêve.
2. Coupante.
3. Expressions poétiques.

revanche, quand il s'agit de nommer un garçon, les créations onomastiques[1] sont souvent d'un sordide hilarant.

Ainsi, comme il était on ne peut plus licite d'élire pour prénom un verbe à l'infinitif, monsieur Saito avait appelé son fils Tsutomeru, c'est-à-dire «travailler». Et l'idée de ce garçonnet affublé[2] d'un tel programme en guise d'identité me donnait envie de rire.

J'imaginais, dans quelques années, l'enfant qui rentrerait de l'école et à qui sa mère lancerait : «Travailler! Va travailler!» Et s'il devenait chômeur?

Fubuki était irréprochable. Son seul défaut était qu'à vingt-neuf ans elle n'avait pas de mari. Nul doute que ce fût pour elle un sujet de honte. Or, à y réfléchir, si une jeune femme aussi belle n'avait pas trouvé d'époux, c'était parce qu'elle avait été irréprochable. C'était parce qu'elle avait appliqué avec un zèle absolu la règle suprême qui servait de prénom au fils de monsieur Saito. Depuis sept ans, elle avait englouti son existence entière dans le travail. Avec fruit, puisqu'elle avait effectué une ascension professionnelle rare pour un être du sexe féminin.

Mais avec un pareil emploi du temps, il eût été absolument impossible qu'elle convolât en justes noces. On ne pouvait cependant pas lui reprocher d'avoir trop travaillé car, aux yeux d'un Japonais, on ne travaille jamais trop. Il y avait donc une

---

1. Liées aux noms.
2. Doté.

incohérence dans le règlement prévu pour les femmes : être irréprochable en travaillant avec acharnement menait à dépasser l'âge de vingt-cinq ans[1] sans être mariée et, par conséquent, à ne pas être irréprochable. Le sommet du sadisme du système résidait dans son aporie[2] : le respecter menait à ne pas le respecter.

Fubuki avait-elle honte de son célibat prolongé? Certainement. Elle était trop obsédée par sa perfection pour s'autoriser le moindre manquement aux consignes suprêmes. Je me demandais si elle avait parfois des amants de passage : ce qui était hors de doute, c'est qu'elle ne se serait pas vantée de ce crime de lèse-nadeshiko (le *nadeshiko*, «œillet», symbolise l'idéal nostalgique de la jeune Japonaise virginale). Moi qui connaissais son emploi du temps, je ne voyais même pas comment elle aurait pu se permettre une banale aventure.

J'observais son comportement quand elle avait affaire à un célibataire – beau ou laid, jeune ou vieux, affable ou détestable, intelligent ou stupide, peu importait, pourvu qu'il ne lui fût pas inférieur dans la hiérarchie de notre compagnie ou de la sienne : ma supérieure devenait soudain d'une douceur si appuyée qu'elle en prenait un tour presque agressif. Éperdues de nervosité, ses mains tâtonnaient jusqu'à sa large ceinture qui avait tendance à ne pas rester en place sur sa taille trop mince

---

1. Dans la culture française aussi, l'âge de vingt-cinq ans est une limite : pensez aux «catherinettes», fêtées au mois de novembre.
2. Caractère illogique.

et remettaient par-devant la boucle qui s'était décentrée. Sa voix se faisait caressante jusqu'à ressembler à un gémissement.

Dans mon lexique intérieur, j'avais appelé ça « la parade nuptiale de mademoiselle Mori ». Il y avait quelque chose de comique à regarder mon bourreau se livrer à ces singeries qui diminuaient tant sa beauté que sa classe. Cependant, je ne pouvais m'empêcher d'en avoir le cœur serré, d'autant que les mâles devant lesquels elle déployait cette pathétique[1] tentative de séduction ne s'en apercevaient pas et y étaient donc parfaitement insensibles. J'avais parfois envie de les secouer et de leur crier :

– Allons, sois un peu galant ! Tu n'as pas vu le mal qu'elle se donne pour toi ? Je suis d'accord, ça ne l'avantage pas, mais si tu savais comme elle est belle quand elle ne fait pas ces manières ! Beaucoup trop belle pour toi, d'ailleurs. Tu devrais pleurer de joie d'être convoité[2] par une telle perle.

Quant à Fubuki, j'aurais tant voulu lui dire :

– Arrête ! Tu crois vraiment que ça va l'attirer, ton cinéma ridicule ? Tu es tellement plus séduisante quand tu m'injuries et me traites comme du poisson pourri. Si cela peut t'aider, tu n'as qu'à imaginer que lui, c'est moi. Parle-lui en te figurant que tu me parles : tu seras donc méprisante, hautaine, tu lui diras qu'il est un malade mental, un bon à rien – tu verras, il ne restera pas indifférent.

---

1. Désolante.
2. Désiré.

1735   J'avais surtout envie de lui susurrer :

– Ne vaut-il pas mille fois mieux rester célibataire jusqu'à la fin de tes jours que de t'encombrer de ce doigt blanc ? Que ferais-tu d'un mari pareil ? Et comment peux-tu avoir honte de ne pas avoir épousé l'un de ces hommes, toi qui es sublime, 1740 olympienne[1], toi qui es le chef-d'œuvre de cette planète ? Ils sont quasi tous plus petits que toi : ne crois-tu pas que c'est un signe ? Tu es un arc trop grand pour ces minables archers.

Quand l'homme-proie s'en allait, le visage de ma supérieure passait, en moins d'une seconde, de la minauderie[2] à l'extrême 1745 froideur. Il n'était pas rare, alors, qu'elle croise mon regard narquois. Elle resserrait ses lèvres avec haine.

Dans une compagnie amie de Yumimoto travaillait un Hollandais de vingt-sept ans, Piet Kramer. Bien que non japonais, il avait atteint un statut hiérarchique égal à celui de ma 1750 tortionnaire[3]. Comme il mesurait un mètre quatre-vingt-dix, j'avais pensé qu'il était un parti possible pour Fubuki. De fait, quand il passait par notre bureau, elle se lançait dans une parade nuptiale frénétique, tournant et retournant sa ceinture.

C'était un brave type qui avait bonne allure. Il convenait 1755 d'autant mieux qu'il était hollandais : cette origine quasi germanique[4] rendait son appartenance à la race blanche beaucoup moins grave.

---

1. Digne de siéger parmi les dieux de l'Olympe.
2. Affectation maniérée.
3. Personne qui torture.
4. Allusion à l'Axe, formé par l'Allemagne nazie et le Japon pendant la Seconde Guerre mondiale.

Un jour, il me dit :

— Vous avez de la chance de travailler avec mademoiselle Mori. Elle est si gentille !

Cette déclaration m'amusa. Je décidai d'en user : je la répétai à ma collègue, non sans un sourire ironique en mentionnant sa «gentillesse». J'ajoutai :

— Cela signifie qu'il est amoureux de vous.

Elle me regarda avec stupéfaction.

— C'est vrai ?

— Je suis formelle, assurai-je.

Elle resta perplexe quelques instants. Voici ce qu'elle devait penser : «Elle est blanche, elle connaît les coutumes des Blancs. Pour une fois, je pourrais me fier à elle. Mais il ne faut surtout pas qu'elle soit au courant.»

Elle prit un air froid et dit :

— Il est trop jeune pour moi.

— Il a deux ans de moins que vous. Aux yeux de la tradition nippone, c'est l'écart parfait pour que vous soyez une anesan niôbô, une «épouse-grande-sœur». Les Japonais pensent qu'il s'agit du meilleur mariage : la femme a juste un peu plus d'expérience que l'homme. Ainsi, elle le met à l'aise.

— Je sais, je sais.

— En ce cas, que lui reprochez-vous ?

Elle se tut. Il était clair qu'elle se rapprochait de l'état second.

Quelques jours plus tard, on annonça la venue de Piet Kramer. Un émoi terrible s'empara de la jeune femme.

Par malheur, il faisait très chaud. Le Hollandais avait tombé

1785 la veste et sa chemise arborait aux aisselles de vastes auréoles de sueur. Je vis Fubuki changer de figure. Elle s'efforça de parler normalement, comme si elle ne s'était aperçue de rien. Ses paroles sonnaient d'autant plus faux que, pour parvenir à extraire les sons de sa gorge, elle devait à chaque mot projeter la tête vers l'avant.

1790 Elle que j'avais toujours connue si belle et si calme avait à présent la contenance d'une pintade sur la défensive.

Tout en se livrant à ce comportement pitoyable, elle regardait ses collègues à la dérobée[1]. Son dernier espoir était qu'ils n'aient rien vu : hélas, comment voir si quelqu'un a vu ? A for-
1795 tiori, comment voir si un Japonais a vu ? Les visages des cadres de Yumimoto exprimaient la bienveillance impassible typique des rencontres entre deux entreprises amies.

Le plus drôle, c'était que Piet Kramer n'avait rien remarqué du scandale dont il était l'objet ni de la crise intérieure qui suf-
1800 foquait la si gentille mademoiselle Mori. Les narines de cette dernière palpitaient : il n'était pas difficile d'en deviner la raison. Il s'agissait de discerner si l'opprobre axillaire[2] du Hollandais communiait sous les deux espèces.

Ce fut là que notre sympathique Batave[3], sans le savoir, compromit sa contribution à l'essor de la race eurasienne[4] : avisant
1805 un dirigeable[5] dans le ciel, il courut jusqu'à la baie vitrée. Ce déplacement rapide développa dans l'air ambiant un feu d'ar-

---

1. Sans se faire remarquer.
2. La honte révélée par ses aisselles.
3. Hollandais.
4. Née d'une Asiatique et d'un Occidental.
5. Grand ballon.

tifice de particules olfactives[1], que le vent de la course dispersa à travers la pièce. Il n'y eut plus aucun doute : la transpiration de Piet Kramer puait.

Et personne, dans le bureau géant, n'eût pu l'ignorer. Quant à l'enthousiasme enfantin du garçon devant le dirigeable publicitaire qui survolait régulièrement la ville, personne ne sembla s'en attendrir.

Quand l'odorant étranger s'en alla, ma supérieure était exsangue[2]. Son sort devait pourtant empirer. Le chef de la section, monsieur Saito, donna le premier coup de bec :

— Je n'aurais pas pu tenir une minute de plus !

Il avait ainsi autorisé à médire. Les autres en profitèrent aussitôt :

— Ces Blancs se rendent-ils compte qu'ils sentent le cadavre ?

— Si seulement nous parvenions à leur faire comprendre qu'ils puent, nous aurions en Occident un marché fabuleux pour des déodorants enfin efficaces !

— Nous pourrions peut-être les aider à sentir moins mauvais, mais nous ne pourrions pas les empêcher de suer. C'est leur race.

— Chez eux, même les belles femmes transpirent.

Ils étaient fous de joie. L'idée que leurs paroles eussent pu m'indisposer n'avait effleuré personne. J'en fus d'abord flattée : peut-être ne me considéraient-ils pas comme une Blanche. La lucidité me revint très vite : s'ils tenaient ces propos en ma présence, c'était simplement parce que je ne comptais pas.

---

1. Qui excitent le sens de l'odorat.
2. Pâle comme si elle avait été vidée de son sang.

Aucun d'entre eux ne se doutait de ce que cet épisode signifiait pour ma supérieure : si personne n'avait relevé le scandale
1835 axillaire du Hollandais, elle eût pu encore s'illusionner et fermer les yeux sur cette tare congénitale[1] de l'éventuel fiancé.

Désormais, elle savait que rien ne serait possible avec Piet
Kramer : avoir la moindre liaison avec lui serait plus grave que
perdre sa réputation, ce serait perdre la face. Elle pouvait s'es-
1840 timer heureuse qu'à part moi, qui étais hors jeu, personne n'ait
été au courant des vues qu'elle avait eues sur ce célibataire.

Tête haute et mâchoires serrées, elle se remit au travail. À la
raideur extrême de ses traits, je pus mesurer combien elle avait
placé d'espoirs en cet homme : et j'y avais été pour quelque
1845 chose. Je l'avais encouragée. Sans moi, eût-elle songé sérieuse-
ment à lui ?

Ainsi, si elle souffrait, c'était en grande partie à cause de moi.
Je me dis que j'aurais dû y éprouver du plaisir. Je n'en ressentais aucun.

1850 J'avais quitté mes fonctions de comptable depuis un peu plus
de deux semaines quand le drame éclata.

Au sein de la compagnie Yumimoto, il semblait que l'on
m'avait oubliée. C'était ce qui pouvait m'arriver de mieux. Je
commençais à me réjouir. Du fond de mon inimaginable
1855 absence d'ambition, je n'entrevoyais pas plus heureux destin
que de rester assise à mon bureau en contemplant les saisons
sur le visage de ma supérieure. Servir le thé et le café, me jeter

---

1. Défaut acquis par la naissance.

régulièrement par la fenêtre et ne pas utiliser ma calculette étaient des activités qui comblaient mon besoin plus que frêle de trouver une place dans la société.

Cette sublime jachère[1] de ma personne eût peut-être duré jusqu'à la fin des temps si je n'avais commis ce qu'il convient d'appeler une gaffe.

Après tout, je méritais ma situation. Je m'étais donné du mal pour prouver à mes supérieurs que ma bonne volonté ne m'empêchait pas d'être un désastre. À présent, ils avaient compris. Leur politique tacite[2] devait être quelque chose comme : «Qu'elle ne touche plus à rien, celle-là!» Et je me montrais à la hauteur de cette nouvelle mission.

Un beau jour, nous entendîmes au loin le tonnerre dans la montagne : c'était monsieur Omochi qui hurlait. Le grondement se rapprocha. Déjà nous nous observions avec appréhension.

La porte de la section comptabilité céda comme un barrage vétuste[3] sous la pression de la masse de chair du vice-président qui déboula parmi nous. Il s'arrêta au milieu de la pièce et cria, d'une voix d'ogre réclamant son déjeuner :

– Fubuki-san!

Et nous sûmes qui serait immolé[4] en sacrifice à l'appétit d'idole carthaginoise[5] de l'obèse. Aux quelques secondes du

---

1. Mise au repos, inutilisation.
2. Sous-entendue.
3. Usagé, ancien.
4. Sacrifié.
5. Dieu de la cité antique de Carthage.

soulagement éprouvé par ceux qui étaient provisoirement épargnés succéda un frisson collectif de sincère empathie[1].

Aussitôt ma supérieure s'était levée et raidie. Elle regardait droit devant elle, dans ma direction donc, sans me voir cependant. Superbe de terreur contenue, elle attendait son sort.

Un instant, je crus qu'Omochi allait sortir un sabre caché entre deux bourrelets et lui trancher la tête. Si cette dernière tombait vers moi, je l'attraperais et la chérirais jusqu'à la fin de mes jours.

« Mais non, me raisonnai-je, ce sont des méthodes d'un autre âge. Il va procéder comme d'habitude : la convoquer dans son bureau et lui passer le savon du siècle. »

Il fit bien pire. Était-il d'humeur plus sadique que de coutume ? Ou était-ce parce que sa victime était une femme, a fortiori une très belle jeune femme ? Ce ne fut pas dans son bureau qu'il lui passa le savon du millénaire : ce fut sur place, devant la quarantaine de membres de la section comptabilité.

On ne pouvait imaginer sort plus humiliant pour n'importe quel être humain, à plus forte raison pour n'importe quel Nippon, à plus forte raison pour l'orgueilleuse et sublime mademoiselle Mori, que cette destitution[2] publique. Le monstre voulait qu'elle perdît la face, c'était clair.

Il se rapprocha lentement d'elle, comme pour savourer à l'avance l'emprise de son pouvoir destructeur. Fubuki ne

---

1. Compréhension, proximité.
2. Disgrâce.

1905 remuait pas un cil. Elle était plus splendide que jamais. Puis les lèvres empâtées commencèrent à trembler et il en sortit une salve[2] de hurlements qui ne connut pas de fin.

Les Tokyoïtes ont tendance à parler à une vitesse supersonique, surtout quand ils engueulent. Non content d'être originaire de 1910 la capitale, le vice-président était un obèse colérique, ce qui encombrait sa voix de scories[2] de fureur grasse : la conséquence de ces multiples facteurs fut que je ne compris presque rien de l'interminable agression verbale dont il martela ma supérieure.

En l'occurrence, même si la langue japonaise m'avait été 1915 étrangère, j'aurais saisi ce qui se passait : on était en train d'infliger à un être humain un sort indigne, et ce à trois mètres de moi. C'était un spectacle abominable. J'aurais payé cher pour qu'il cessât, mais il ne cessait pas : le grondement qui sortait du ventre du tortionnaire semblait intarissable.

1920 Quel crime avait pu commettre Fubuki pour mériter pareil châtiment ? Je ne le sus jamais. Mais enfin, je connaissais ma collègue : ses compétences, son ardeur au travail et sa conscience professionnelle étaient exceptionnelles. Quels qu'aient pu être ses torts, ils étaient forcément véniels[3]. Et même s'ils ne l'étaient 1925 pas, la moindre des choses eût été de tenir compte de la valeur insigne[4] de cette femme de premier ordre.

Sans doute étais-je naïve de me demander en quoi avait

---

1. Un jet, une décharge.
2. Déchets.
3. Excusables.
4 Remarquable.

consisté la faute de ma supérieure. Le cas le plus probable était qu'elle n'avait rien à se reprocher. Monsieur Omochi était le
1930 chef : il avait bien le droit, s'il le désirait, de trouver un prétexte anodin pour venir passer ses appétits sadiques sur cette fille aux allures de mannequin. Il n'avait pas à se justifier.

Je fus soudain frappée par l'idée que j'assistais à un épisode de la vie sexuelle du vice-président, qui méritait décidément son
1935 titre : avec un physique de son ampleur, était-il encore capable de coucher avec une femme ? En compensation, son volume le rendait d'autant plus apte à gueuler, à faire trembler de ses cris la frêle silhouette de cette beauté. En vérité, il était en train de violer mademoiselle Mori, et s'il se livrait à ses plus bas instincts
1940 en présence de quarante personnes, c'était pour ajouter à sa jouissance la volupté de l'exhibitionnisme[1].

Cette explication était tellement juste que je vis ployer le corps de ma supérieure. Elle était pourtant une dure, un monument de fierté : si son physique cédait, c'était la preuve qu'elle
1945 subissait un assaut d'ordre sexuel. Ses jambes l'abandonnèrent comme celles d'une amante éreintée[2] : elle tomba assise sur sa chaise.

Si j'avais dû être l'interprète simultanée du discours de monsieur Omochi, voici ce que j'aurais traduit :
1950 — Oui, je pèse cent cinquante kilos et toi cinquante, à nous deux nous pesons deux quintaux et ça m'excite. Ma graisse me

---

1. Comportement de celui qui veut exposer sa sexualité, son intimité.
2. Épuisée.

gêne dans mes mouvements, j'aurais du mal à te faire jouir,
mais grâce à ma masse je peux te renverser, t'écraser, et j'adore
ça, surtout avec ces crétins qui nous regardent. J'adore que tu
1955 souffres dans ton orgueil, j'adore que tu n'aies pas le droit de
te défendre, j'adore ce genre de viol !

Je ne devais pas être la seule à avoir compris la nature de ce
qui se passait : autour de moi, les collègues étaient en proie à
un malaise profond. Autant que possible, ils détournaient les
1960 yeux et cachaient leur honte derrière leurs dossiers ou l'écran
de leur ordinateur.

À présent, Fubuki était pliée en deux. Ses maigres coudes
étaient posés sur son bureau, ses poings serrés retenaient son
front. La mitraillette verbale du vice-président secouait son dos
1965 fragile à intervalles réguliers.

Par bonheur, je ne fus pas assez stupide pour me laisser aller
à ce qui, en pareille circonstance, eût été de l'ordre du réflexe :
intervenir. Nul doute que cela eût aggravé le sort de l'immo-
lée, sans parler du mien. Cependant, il me serait impossible de
1970 prétendre être fière de ma sage abstention[1]. L'honneur consiste
le plus souvent à être idiot. Et ne vaut-il pas mieux se conduire
comme une imbécile que se déshonorer ? Encore aujourd'hui,
je rougis d'avoir préféré l'intelligence à la décence. Quelqu'un
eût dû s'interposer, et puisqu'il n'y avait aucune chance pour
1975 qu'un autre s'y risquât, c'est moi qui eusse dû me sacrifier.

Certes, ma supérieure ne me l'eût jamais pardonné, mais elle

---

1. Le fait de ne pas prendre part à quelque chose.

aurait eu tort : le pire n'était-il pas de nous conduire comme nous le faisions, d'assister sans broncher à ce spectacle dégradant – le pire ne résidait-il pas dans notre soumission absolue à l'autorité ?

J'aurais dû chronométrer l'engueulade. Le tortionnaire avait du coffre. J'avais même l'impression qu'avec la durée, ses cris gagnaient en intensité. Ce qui prouvait, s'il en était encore besoin, la nature hormonale de la scène : semblable au jouisseur qui voit ses forces ressourcées ou décuplées par le spectacle de sa propre rage sexuelle, le vice-président devenait de plus en plus brutal, ses hurlements dégageaient de plus en plus d'énergie dont l'impact physique terrassait de plus en plus la malheureuse.

Vers la fin, il y eut un moment particulièrement désarmant : comme c'est sans doute le cas quand on subit un viol, il se révéla que Fubuki avait régressé[1]. Fus-je la seule à entendre s'élever une frêle voix, une voix de fillette de huit ans, qui gémit par deux fois :

– Okoruna. Okoruna.

Ce qui signifie, dans le registre du langage fautif le plus

---

1. Était revenue au stade de son enfance.

BIEN LIRE

• **Page 83, l. 1713 : Pour quelle espèce parle-t-on, habituellement, de parade nuptiale ?**

• **Page 86, l. 1796, « A vu » : Quel est l'effet créé par l' absence de complément d' objet ?**

• **Page 93, l. 1972, « Encore aujourd'hui je rougis » : À quel moment renvoient la locution adverbiale et le présent d'énonciation ?**

enfantin, le plus familier, celui qu'emploierait une petite fille pour protester contre son père, c'est-à-dire celui auquel ne recourait jamais mademoiselle Mori pour s'adresser à son supérieur :

– Ne te fâche pas. Ne te fâche pas.

Supplication aussi dérisoire que si une gazelle déjà taillée en morceaux et à demi dévorée demandait au fauve de l'épargner. Mais surtout manquement ahurissant au dogme de la soumission, de l'interdiction de se défendre contre ce qui vient d'en haut. Monsieur Omochi sembla un rien décontenancé par cette voix inconnue, ce qui ne l'empêcha pas de crier de plus belle, au contraire : peut-être même y avait-il dans cette attitude enfantine de quoi le satisfaire davantage.

Une éternité plus tard, soit que le monstre fût lassé du jouet, soit que ce tonifiant exercice lui eût donné faim pour un double sandwich futon-mayonnaise, il s'en alla.

Silence de mort dans la section comptabilité. À part moi, personne n'osait regarder la victime. Celle-ci resta prostrée quelques minutes. Quand elle eut la force de se lever, elle fila sans prononcer un mot.

Je n'eus aucune hésitation quant à l'endroit où elle avait couru : où vont les femmes violées? Là où de l'eau coule, là où l'on peut vomir, là où il y a le moins de monde possible. Dans les bureaux de Yumimoto, l'endroit qui répondait le mieux à ces exigences était les toilettes.

Ce fut là que je commis ma gaffe.

Mon sang ne fit qu'un tour : il fallait que j'aille la réconforter. J'eus beau tenter de me raisonner en pensant aux humiliations qu'elle m'avait infligées, aux insultes qu'elle m'avait jetées en pleine figure, ma ridicule compassion eut le dessus. Ridicule, je maintiens : tant qu'à agir en dépit du bon sens, j'aurais été cent fois mieux inspirée de m'interposer entre Omochi et ma supérieure. Au moins, c'eût été courageux. Alors que mon attitude finale fut simplement gentille et bête.

Je courus aux toilettes. Elle était en train de pleurer devant un lavabo. Je pense qu'elle ne me vit pas entrer. Malheureusement, elle m'entendit lui dire :

– Fubuki, je suis désolée ! Je suis de tout cœur avec vous. Je suis avec vous.

Déjà je m'approchais d'elle, lui tendant un bras vibrant de réconfort – quand je vis se tourner vers moi son regard éberlué de colère.

Sa voix, méconnaissable de fureur pathologique[1], me rugit :

– Comment osez-vous ? Comment osez-vous ?

Je ne devais pas être dans un jour d'intelligence car j'entrepris de lui expliquer :

– Je ne voulais pas vous importuner. Je voulais seulement vous dire mon amitié…

Au paroxysme[2] de la haine, elle rejeta mon bras comme un tourniquet et cria :

– Voulez-vous vous taire ? Voulez-vous partir ?

---

1. Qui relève de la maladie.
2. Au sommet.

Manifestement, je ne le voulais pas, car je restais plantée là, interdite.

Elle marcha vers moi, avec Hiroshima[1] dans l'œil droit et Nagasaki[1] dans l'œil gauche. J'ai une certitude : c'est que si elle avait eu le droit de me tuer, elle n'eût pas hésité.

Je compris enfin ce que je devais faire : je déguerpis[2].

De retour à mon bureau, je passai le reste de la journée à simuler une activité minimale tout en analysant mon imbécillité, vaste sujet de méditation s'il en fut.

Fubuki avait été humiliée de fond en comble sous les yeux de ses collègues. La seule chose qu'elle avait pu nous cacher, le dernier bastion de son honneur qu'elle avait pu préserver, c'étaient ses larmes. Elle avait eu la force de ne pas pleurer devant nous.

Et moi, futée, j'étais allée la regarder sangloter dans sa retraite. C'était comme si j'avais cherché à consommer sa honte jusqu'à la lie[3]. Jamais elle n'eût pu concevoir, croire, admettre que mon comportement relevât de la bonté, même de la sotte bonté.

Une heure plus tard, la victime vint se rasseoir à son bureau. Personne n'eut un regard pour elle. Elle eut un regard pour

---

1. Hiroshima et Nagasaki sont les deux villes sur lesquelles s'abattit une bombe atomique, en 1945.
2. Je me sauvai.
3. Jusqu'au fond.

moi : ses yeux séchés me vrillèrent[1] de haine. Il y était écrit :
2070 « Toi, tu ne perds rien pour attendre. »

Puis elle reprit son travail comme si de rien n'était, me laissant le loisir d'interpréter la sentence[2].

Il était clair que, selon elle, mon attitude avait été de pures représailles. Elle savait qu'elle m'avait maltraitée par le passé.
2075 Pour elle, nul doute que mon seul but avait été la vengeance. C'était pour lui rendre la monnaie de sa pièce que j'étais allée contempler ses larmes dans les toilettes.

J'aurais tellement voulu la détromper, lui dire : « D'accord, c'était stupide et maladroit, mais je vous conjure de me croire :
2080 je n'ai pas eu d'autre motivation que la bonne, brave et bête humanité. Il y a quelque temps, je vous en ai voulu, c'est exact, et cependant, quand je vous ai vue si bassement humiliée, il n'y a plus eu place en moi que pour la compassion primitive. Et fine comme vous l'êtes, pouvez-vous douter qu'il y ait, dans
2085 cette entreprise, non, sur cette planète, quelqu'un qui vous estime, vous admire et subisse votre empire à un degré comparable au mien ? »

Je ne saurai jamais comment elle eût réagi si je lui avais déclaré cela.

2090 Le lendemain, Fubuki m'accueillit avec, cette fois, un visage d'une sérénité olympienne. « Elle s'est remise, elle va mieux », pensai-je.

---

1. Me pénétrèrent, me percèrent.
2. Le jugement.

Elle m'annonça d'une voix posée :

– J'ai une nouvelle affectation pour vous. Suivez-moi.

Je la suivis hors de la salle. Déjà, je n'étais pas rassurée : ma nouvelle affectation ne se passait donc pas au sein de la section comptabilité ? Qu'est-ce que cela pouvait être ? Et où me conduisait-elle ?

Mon appréhension se précisa quand je constatai que nous prenions la direction des toilettes. Mais non, pensai-je. Nous allions certainement tourner à droite ou à gauche à la dernière seconde pour nous rendre dans un autre bureau.

Nous ne virâmes ni à bâbord ni à tribord. Elle m'entraîna bel et bien aux toilettes.

« Sans doute m'a-t-elle emmenée en ce lieu isolé pour que nous nous expliquions au sujet d'hier », me dis-je.

Non pas. Elle déclara, impassible :

– Voici votre nouveau poste.

Le visage assuré, elle me montra, très professionnelle, les gestes qui seraient désormais les miens. Il s'agissait de remplacer le rouleau de « tissu sec et propre » quand celui-ci aurait entièrement servi à essuyer des mains ; il s'agissait aussi de renouveler les fournitures de papier-toilette au sein des cabinets – à cet effet, elle me confia les précieuses clefs d'un débarras où ces merveilles étaient entreposées à l'abri des convoitises[1] dont, sans nul doute, elles eussent été l'objet de la part des cadres de la compagnie Yumimoto.

---

1. Jalousies, envies.

Le clou fut atteint quand la belle créature empoigna délica-
tement la brosse à chiottes pour m'expliquer, avec beaucoup de
sérieux, quel en était le mode d'emploi – supposait-elle que je
l'ignorais? Déjà, je n'aurais jamais pu imaginer qu'il me serait
donné de voir cette déesse tenir un tel instrument. À plus forte
raison pour le désigner comme mon nouveau sceptre.

Au dernier degré de l'ahurissement, je posai une question :

– À qui est-ce que je succède?

– À personne. Les femmes d'ouvrage effectuent ces tâches le
soir.

– Et elles ont démissionné?

– Non. Seulement, vous avez dû vous apercevoir que leur
service nocturne ne suffit pas. Il n'est pas rare qu'en cours de
journée nous n'ayons plus de tissu sec à dérouler, ou que nous
trouvions un cabinet sans papier-toilette, ou encore qu'une
cuvette reste souillée jusqu'au soir. C'est gênant, surtout quand
nous recevons des cadres extérieurs à Yumimoto.

L'espace d'un instant, je me demandai en quoi il était plus
gênant, pour un cadre, de voir une cuvette souillée par un
membre extérieur à sa compagnie que par un collègue. Je n'eus
pas le temps de trouver la réponse à cette question d'étiquette
car Fubuki conclut, avec un doux sourire :

– Désormais, grâce à vous, nous ne souffrirons plus de ces
inconvénients.

Et elle partit. Je me retrouvai seule dans le lieu de ma promotion. Éberluée, je restai immobile, les bras ballants. Ce fut

alors que la porte se rouvrit sur Fubuki. Comme au théâtre, elle
₂₁₄₅ était revenue pour me dire le plus beau :

– J'oubliais : il va de soi que votre service s'étend aussi aux
toilettes des messieurs.

Récapitulons. Petite, je voulais devenir Dieu. Très vite, je
compris que c'était trop demander et je mis un peu d'eau bénite
₂₁₅₀ dans mon vin de messe : je serais Jésus. J'eus rapidement
conscience de mon excès d'ambition et acceptai de « faire » martyre quand je serais grande.

Adulte, je me résolus à être moins mégalomane[1] et à travailler
comme interprète dans une société japonaise. Hélas, c'était trop
₂₁₅₅ bien pour moi et je dus descendre un échelon pour devenir
comptable. Mais il n'y avait pas de frein à ma foudroyante chute
sociale. Je fus donc mutée au poste de rien du tout.
Malheureusement – j'aurais dû m'en douter –, rien du tout,
c'était encore trop bien pour moi. Et ce fut alors que je reçus
₂₁₆₀ mon affectation ultime : nettoyeuse de chiottes.

Il est permis de s'extasier sur ce parcours inexorable de la
divinité jusqu'aux cabinets. On dit d'une cantatrice qui peut
passer du soprano au contralto[2] qu'elle possède une vaste tessiture[3] : je me permets de souligner l'extraordinaire tessiture de

---

1. Qui voit les choses en grand.
2. La voix la plus aiguë, la voix la plus grave dans le chant.
3. Registre.

BIEN LIRE

• **L. 2151, « « faire » martyre » : Quel sens les guillemets suggèrent-ils ?**

²¹⁶⁵ mes talents, capables de chanter sur tous les registres, tant celui de Dieu que de madame Pipi.

La stupéfaction passée, la première chose que je ressentis fut un soulagement étrange. L'avantage, quand on récure des cuvettes souillées, c'est que l'on ne doit plus craindre de tom-²¹⁷⁰ ber plus bas.

Ce qui s'était déroulé dans la tête de Fubuki pouvait sans doute se résumer ainsi : « Tu me poursuis aux toilettes ? Très bien. Tu y resteras. »

J'y restai.

²¹⁷⁵ J'imagine que n'importe qui, à ma place, eût démissionné. N'importe qui, sauf un Nippon. Me donner ce poste, de la part de ma supérieure, était une façon de me forcer à rendre mon tablier. Or, démissionner, c'était perdre la face. Nettoyer des chiottes, aux yeux d'un Japonais, ce n'était pas honorable, mais ²¹⁸⁰ ce n'était pas perdre la face.

De deux maux, il faut choisir le moindre. J'avais signé un contrat d'un an. Il expirerait le 7 janvier 1991. Nous étions en juin. Je tiendrais le coup. Je me conduirais comme une Nippone l'eût fait.

²¹⁸⁵ En cela, je n'échappais pas à la règle : tout étranger désirant s'intégrer au Japon met son point d'honneur à respecter les usages de l'Empire. Il est remarquable que l'inverse soit abso-lument faux : les Nippons qui s'offusquent des manquements

d'autrui à leur code ne se scandalisent jamais de leurs propres
2190 dérogations[1] aux convenances autres.

J'étais consciente de cette injustice et pourtant je m'y sou-
mettais à fond. Les attitudes les plus incompréhensibles d'une
vie sont souvent dues à la persistance d'un éblouissement de
jeunesse : enfant, la beauté de mon univers japonais m'avait
2195 tant frappée que je fonctionnais encore sur ce réservoir affectif.
J'avais à présent sous les yeux l'horreur méprisante d'un système qui niait ce que j'avais aimé et cependant je restais fidèle
à ces valeurs auxquelles je ne croyais plus.

Je ne perdis pas la face. Pendant sept mois, je fus postée aux
2200 toilettes de la compagnie Yumimoto.

Commença donc une vie nouvelle. Si bizarre que cela puisse
paraître, je n'eus pas l'impression de toucher le fond. Ce métier,
à tout prendre, était bien moins atroce que celui de comptable
– je parle ici de mon poste de vérification des frais de voyages
2205 d'affaires. Entre extraire de ma calculette, à longueur de journée, des nombres de plus en plus schizophrènes[2], et extraire des
rouleaux de papier-toilette du débarras, je n'hésite pas.

Dans ce qui serait désormais mon poste, je ne me sentais pas
dépassée par les événements. Mon cerveau handicapé compre-
2210 nait la nature des problèmes qui lui étaient posés. Il n'était plus
question de retrouver le cours du mark du 19 mars pour conver-

---

1. Infraction, manquement.
2. Coupés de toute réalité.

tir en yens la facture de la chambre d'hôtel, puis de comparer mes résultats avec ceux du monsieur et de me demander pourquoi il obtenait 23 254 et moi 499 212. Il fallait convertir de la
2215 saleté en propreté et de l'absence de papier en présence de papier.

L'hygiène sanitaire ne va pas sans une hygiène mentale. À ceux qui ne manqueront pas de trouver indigne ma soumission à une décision abjecte[1], je me dois de dire ceci : jamais, à aucun instant de ces sept mois, je n'ai eu le sentiment d'être humiliée.
2220 Dès le moment où je reçus l'incroyable affectation, j'entrai dans une dimension autre de l'existence : l'univers de la dérision[2] pure et simple. J'imagine que j'y avais basculé par activité réflexe[3] : pour supporter les sept mois que j'allais passer là, je devais changer de références, je devais inverser ce qui jusque-
2225 là m'avait tenu lieu de repères.

Et par un processus salvateur de mes facultés immunitaires[4], ce retournement intérieur fut immédiat. Aussitôt, dans ma tête, le sale devint le propre, la honte devint la gloire, le tortionnaire devint la victime et le sordide devint le comique.
2230 J'insiste sur ce dernier mot : je vécus en ces lieux (c'est le cas de le dire) la période la plus drôle de mon existence qui pourtant en avait connu d'autres. Le matin, quand le métro me conduisait à l'immeuble Yumimoto, j'avais déjà envie de rire à

1. Repoussante.
2. Moquerie dédaigneuse.
3. Réaction.
4. De défense.

l'idée de ce qui m'attendait. Et lorsque je siégeais en mon ministère, je devais lutter contre de furieux accès de fou rire.

Dans la compagnie, pour une centaine d'hommes, il devait
y avoir cinq femmes, au nombre desquelles Fubuki était la seule
à avoir accédé au statut de cadre. Restaient donc trois
employées qui, elles, travaillaient à d'autres étages : or, je n'étais
accréditée qu'aux toilettes du quarante-quatrième niveau. Par
conséquent, les commodités pour dames du quarante-quatrième étaient pour ainsi dire le domaine réservé de ma supérieure et moi.

Entre parenthèses, ma limitation géographique au quarante-
quatrième prouvait, si besoin était, l'inanité[1] absolue de ma
nomination. Si ce que les militaires appellent élégamment «les
traces de freinage» représentaient une telle gêne pour les visi-
teurs, je ne vois pas en quoi elles étaient moins incommodantes
au quarante-troisième ou quarante-cinquième étage.

Je ne fis pas valoir cet argument. Si je m'y étais laissée aller,
nul doute que l'on m'eût dit : « Très juste. Désormais, les lieux
des autres étages relèveront aussi de votre juridiction[2]. » Mes
ambitions se satisfirent du quarante-quatrième.

Mon retournement des valeurs n'était pas pur fantasme.
Fubuki fut bel et bien humiliée par ce qu'elle interpréta sans
doute comme une manifestation de ma force d'inertie. Il était
clair qu'elle avait tablé sur ma démission. En restant, je lui

1. Vide.
2. Responsabilité.

jouais un bon tour. Le déshonneur lui revenait en pleine figure.

Certes, cette défaite ne fut jamais consommée par des mots.
2260 J'en eus cependant des preuves.

Ainsi, il me fut donné de croiser, aux toilettes masculines, monsieur Haneda en personne. Cette rencontre nous fit à tous les deux une grande impression : à moi, parce qu'il était difficile d'imaginer Dieu en cet endroit ; et à lui, sans doute parce
2265 qu'il n'était pas au courant de ma promotion.

L'espace d'un instant, il sourit, croyant que, dans ma gaucherie légendaire, je m'étais trompée de commodités. Il cessa de sourire quand il me vit retirer le rouleau de tissu qui n'était plus ni sec ni propre et le remplacer par un nouveau. Dès lors,
2270 il comprit et n'osa plus me regarder. Il avait l'air très gêné.

Je ne m'attendis pas à ce que cet épisode changeât mon sort. Monsieur Haneda était un trop bon président pour remettre en cause les ordres de l'un de ses subordonnés, a fortiori s'ils émanaient du seul cadre de sexe féminin de son entreprise. J'eus
2275 pourtant des raisons de penser que Fubuki eut à s'expliquer auprès de lui quant à mon affectation.

En effet, le lendemain, aux toilettes des dames, elle me dit d'une voix posée :

– Si vous avez des motifs de vous plaindre, c'est à moi que
2280 vous devez les adresser.

– Je ne me suis plainte à personne.

– Vous voyez très bien ce que je veux dire.

Je ne le voyais pas si bien que cela. Qu'eussé-je dû faire pour ne pas avoir l'air de me plaindre ? M'enfuir aussitôt des toilettes masculines pour laisser croire que je m'étais bel et bien trompée de commodités?

Toujours est-il que j'adorai la phrase de ma supérieure : « Si vous avez des motifs de vous plaindre… » Ce que j'aimais le plus dans cet énoncé, c'était le « si » : il était envisageable que je n'aie pas de motif de plainte.

La hiérarchie autorisait deux autres personnes à me tirer de là : monsieur Omochi et monsieur Saito.

Il allait de soi que le vice-président ne s'inquiétait pas de mon sort. Il fut au contraire le plus enthousiaste quant à ma nomination. Lorsqu'il me croisait aux chiottes, il me lançait, jovial :

– C'est bien, hein, d'avoir un poste?

Il le disait sans aucune ironie. Sans doute pensait-il que j'allais trouver en cette tâche le nécessaire épanouissement dont seul le travail pouvait être à l'origine. Qu'un être aussi inapte que moi ait enfin une place dans la société constituait à ses yeux un événement positif. Par ailleurs, il devait être soulagé de ne plus me payer à ne rien faire.

Si quelqu'un lui avait signifié que cette affectation m'humiliait, il se serait exclamé :

– Et puis quoi encore? C'est en dessous de sa dignité? Elle peut déjà s'estimer heureuse de travailler pour nous.

Le cas de monsieur Saito était très différent. Il semblait profondément ennuyé de cette histoire. J'avais pu m'apercevoir qu'il crevait de peur devant Fubuki : elle dégageait quarante fois plus de force et d'autorité que lui. Pour rien au monde il n'eût osé intervenir.

Quand il me croisait aux toilettes, un rictus[1] nerveux s'emparait de sa figure malingre[2]. Ma supérieure avait eu raison lorsqu'elle m'avait parlé de l'humanité de monsieur Saito. Il était
2315 bon mais pusillanime[3].

Le cas le plus gênant fut ma rencontre en ces lieux avec l'excellent monsieur Tenshi. Il entra et me vit : il changea de figure. La première surprise passée, il devint orange. Il murmura :

– Amélie-san…

2320 Il s'arrêta là, comprenant qu'il n'y avait rien à dire. Il eut alors une attitude étonnante : il sortit aussitôt, sans avoir effectué aucune des fonctions prévues pour cet endroit.

Je ne sus pas si son besoin avait disparu ou s'il était allé aux toilettes d'un autre étage. Il m'apparut qu'une fois encore mon-
2325 sieur Tenshi avait trouvé la solution la plus noble : sa manière à lui de manifester sa désapprobation quant à mon sort était de boycotter[4] les commodités du quarante-quatrième étage. Car je ne l'y revis plus jamais – et si angélique fût-il, il ne devait pas être un pur esprit.

2330 Je compris très vite qu'il avait prêché la bonne parole autour de lui ; bientôt, aucun membre de la section produits laitiers ne fréquenta plus mon antre. Et peu à peu je constatai une désaffection croissante des toilettes masculines, même de la part des autres secteurs.

---

1. Grimace.
2. Maladive.
3. Craintif au point d'être lâche.
4. Ne pas utiliser.

Je bénis monsieur Tenshi. De plus, ce boycott constituait une véritable vengeance vis-à-vis de Yumimoto : les employés qui choisissaient d'aller plutôt au quarante-troisième étage perdaient, à attendre l'ascenseur, un temps qu'ils eussent pu mettre au service de la compagnie. Au Japon, cela s'appelle du sabotage : l'un des plus graves crimes nippons, si odieux qu'on utilise le mot français, car il faut être étranger pour imaginer pareille bassesse.

Cette solidarité émut mon cœur et enchanta ma passion philologique[1] : si l'origine du mot « boycott » est un propriétaire irlandais du nom de Boycott[2], on peut néanmoins supposer que l'étymologie de son patronyme comporte une allusion à un garçon. Et de fait, le blocus de mon ministère fut exclusivement masculin.

Il n'y eut pas de girlcott. À l'opposé, Fubuki semblait plus enragée que jamais de se rendre aux commodités. Elle entreprit même d'aller s'y brosser les dents deux fois par jour : on n'imagine pas les conséquences bénéfiques de sa haine sur son hygiène bucco-dentaire. Elle m'en voulait tant de ne pas avoir démissionné que tous les prétextes lui étaient bons pour venir me narguer.

---

1. Qui étudie la lettre des textes.
2. Nom commun qui vient d'un certain C. Cunningham Boycott, Irlandais réputé pour sa dureté à l'égard de ses fermiers ; en 1880, une ligue agraire de l'Irlande de l'Ouest réussit à entraver la production de son exploitation agricole.

BIEN LIRE

- Page 100, l. 2118 : Remarquez l'adresse au lecteur.
- Page 105, l. 2247 : Que sont donc ces « traces de freinage » ?

Ce comportement m'amusait. Fubuki croyait me déranger alors qu'au contraire j'étais ravie d'avoir de si nombreuses occasions d'admirer sa beauté orageuse en ce gynécée[1] qui nous était particulier. Aucun boudoir[2] ne fut aussi intime que les toilettes
2360 pour dames du quarante-quatrième étage : quand la porte s'ouvrait, je savais pertinemment qu'il s'agissait de ma supérieure, puisque les trois autres femmes travaillaient au quarante-troisième. C'était donc un lieu clos, racinien[3], où deux tragédiennes se retrouvaient plusieurs fois par jour pour écrire le
2365 nouvel épisode d'une rixe[4] enragée de passion.

Peu à peu, la désaffection des toilettes pour messieurs du quarante-quatrième devint un peu trop flagrante. Je n'y voyais plus guère que deux ou trois ahuris ou encore le vice-président. J'imagine que c'est ce dernier qui s'en offusqua et avertit les
2370 autorités.

Ce dut être un réel problème tactique pour eux : si dirigistes fussent-ils, les puissants de la compagnie ne pouvaient quand même pas ordonner à des cadres d'aller effectuer leurs besoins à leur étage et non à celui du dessous. Par ailleurs, ils ne pou-
2375 vaient tolérer cet acte de sabotage. Par conséquent, il fallait réagir. Comment ?

---

1. Lieu clos où vivent les femmes.
2. Cabinet privé.
3. Racine situe ses tragédies dans un lieu unique et clos, souvent un palais (comme dans *Phèdre*, ou *Britannnicus*).
4. Bataille.

Bien entendu, la responsabilité de cette infamie[1] retomba sur moi. Fubuki entra dans le gynécée et me dit d'un air terrible :

– Cela ne peut pas continuer. Une fois de plus, vous incommodez votre entourage.

– Qu'ai-je encore fait ?

– Vous le savez bien.

– Je vous jure que non.

– Vous n'avez pas remarqué que les messieurs n'osent plus fréquenter les toilettes du quarante-quatrième étage ? Ils perdent du temps à aller à celles des autres degrés. Votre présence les gêne.

– Je comprends. Mais ce n'est pas moi qui ai choisi d'être là. Vous ne l'ignorez pas.

– Insolente ! Si vous étiez capable de vous conduire avec dignité, ces choses-là ne se produiraient pas.

Je fronçai les sourcils :

– Je ne vois pas ce que ma dignité vient faire là-dedans.

– Si vous regardez les hommes qui vont au lavabo de la même façon que vous me regardez moi, leur attitude est facile à expliquer.

J'éclatai de rire :

– Rassurez-vous, je ne les regarde pas du tout.

– Pourquoi sont-ils incommodés, en ce cas ?

– C'est normal. La simple présence d'un être du sexe opposé a de quoi les intimider.

---

1. Acte qui atteint l'honneur, la réputation.

— Et pourquoi n'en tirez-vous pas les leçons qui s'imposent?

— Quelles leçons voulez-vous que j'en tire?

— De ne plus y être présente!

2405   Mon visage s'éclaira :

— Je suis relevée de mes fonctions aux toilettes pour messieurs? Oh, merci!

— Je n'ai pas dit ça!

— Alors je ne comprends pas.

2410   — Eh bien, dès qu'un homme entre, vous sortez. Et vous attendez qu'il soit parti pour revenir.

— D'accord. Mais quand je suis dans les toilettes pour dames, je ne peux pas savoir s'il y a quelqu'un chez les messieurs. À moins que…

2415   — Quoi?

Je pris mon expression la plus stupide et béate.

— J'ai une idée! Il suffit d'installer une caméra dans les commodités masculines, avec écran de surveillance chez les dames. Comme ça, je saurai toujours quand je pourrai y aller!

2420   Fubuki me regarda avec consternation

— Une caméra dans les toilettes des hommes? Vous arrive-t-il de réfléchir avant de parler?

— Du moment que les messieurs ne le savent pas! continuai-je ingénument[1].

---

1. De façon innocente.

BIEN LIRE

• **Page 111, l. 2395 : Qu'est-ce que Fubuki a perçu dans le regard d'Amélie ?**

425 — Taisez-vous! Vous êtes une imbécile!

— C'est à espérer. Imaginez que vous ayez donné ce poste à quelqu'un d'intelligent!

— De quel droit me répondez-vous?

— Qu'est-ce que je risque? Il vous est impossible de m'affec-430 ter à un emploi inférieur.

Là, j'étais allée trop loin. Je crus que ma supérieure avait un infarctus. Elle me poignarda du regard.

— Attention! Vous ne savez pas ce qui pourrait vous arriver.

— Dites-le-moi.

435 — Méfiez-vous. Et arrangez-vous pour déserter les toilettes masculines quand il y viendra quelqu'un.

Elle sortit. Je me demandai si sa menace était réelle ou si elle bluffait.

J'obéis donc à la nouvelle consigne, soulagée de fréquenter 440 moins un lieu où, en deux mois, j'avais eu l'accablant privilège de découvrir que le mâle nippon n'était pas distingué du tout. Autant la Japonaise vivait dans la terreur du moindre bruit produit par sa personne, autant le Japonais s'en préoccupait peu.

Même en y étant moins souvent, je constatai pourtant que 445 les cadres de la section produits laitiers n'avaient pas repris leurs habitudes au quarante-quatrième étage : sous l'impulsion de leur chef, leur boycott se poursuivait. Grâce éternelle en soit rendue à monsieur Tenshi.

En vérité, depuis ma nomination, aller aux toilettes de l'en-450 treprise était devenu un acte politique.

L'homme qui fréquentait encore les toilettes du quarante-quatrième signifiait : «Ma soumission à l'autorité est absolue et cela m'est égal qu'on humilie les étrangers. D'ailleurs, ces derniers n'ont pas leur place chez Yumimoto.»

2455   Celui qui refusait d'y aller exprimait cette opinion : «Respecter mes supérieurs ne m'empêche pas de conserver mon esprit critique vis-à-vis de certaines de leurs décisions. D'autre part, je pense que Yumimoto aurait avantage à employer des étrangers dans quelques postes à responsabilité où ils pourraient nous être 2460   utiles.»

Jamais lieux d'aisances ne furent le théâtre d'un débat idéo-logique[1] à l'enjeu aussi essentiel.

Toute existence connaît son jour de traumatisme primal[2], qui divise cette vie en un avant et un après et dont le souvenir 2465   même furtif suffit à figer dans une terreur irrationnelle, animale et inguérissable.

Les toilettes pour dames de la compagnie étaient merveilleuses car elles étaient éclairées d'une baie vitrée. Cette dernière avait pris dans mon univers une place colossale : je passais 2470   des heures debout, le front collé au verre, à jouer à me jeter dans le vide. Je voyais mon corps tomber, je me pénétrais de cette chute jusqu'au vertige. Pour cette raison, j'affirme que je ne me suis jamais ennuyée une minute à mon poste.

J'étais en plein exercice de défenestration quand un nouveau

---

1. D'idées.
2. Blessure originelle.

2475 drame éclata. J'entendis la porte s'ouvrir derrière moi. Ce ne pouvait être que Fubuki ; pourtant, ce n'était pas le bruit net et rapide de ma tortionnaire poussant l'huis[1]. C'était comme si la porte avait été renversée. Et les pas qui suivirent n'étaient pas ceux d'escarpins, mais ceux, lourds et déchaînés, du yéti en rut.

2480 Tout cela se déroula très vite et j'eus à peine le temps de me retourner pour voir foncer sur moi la masse du vice-président.

Microseconde de stupeur (« Ciel ! Un homme – pour autant que ce gros lard fût un homme – chez les dames ! ») puis éternité de panique.

2485 Il m'attrapa comme King Kong[2] s'empare de la blondinette et m'entraîna à l'extérieur. J'étais un jouet entre ses bras. Ma peur atteignit son comble quand je vis qu'il m'emportait aux toilettes des messieurs.

Me revinrent à l'esprit les menaces de Fubuki : « Vous ne
2490 savez pas ce qui pourrait vous arriver. » Elle n'avait pas bluffé. J'allais payer pour mes péchés. Mon cœur cessa de battre. Mon cerveau écrivit son testament.

Je me rappelle avoir pensé : « Il va te violer et t'assassiner. Oui, mais dans quel ordre ? Pourvu qu'il te tue avant ! »

2495 Un homme était en train de se laver les mains aux lavabos. Hélas, la présence de ce tiers ne sembla rien changer aux desseins de monsieur Omochi. Il ouvrit la porte d'un cabinet et me jeta sur les chiottes.

« Ton heure est venue », me dis-je.

---

1. La porte (archaïsme).
2. Gorille héros de plusieurs films hollywoodiens éponymes.

2500   Il se mit à hurler convulsivement trois syllabes. Ma terreur était si grande que je ne comprenais pas : je pensais que ce devait être l'équivalent du « banzaï ! » des kamikazes[1] dans le cas très précis de la violence sexuelle.

Au sommet de la fureur, il continuait à crier ces trois sons. 2505 Soudain la lumière fut et je pus identifier ses borborygmes[2] :

— No pêpâ ! No pêpâ !

C'est-à-dire, en nippo-américain :

— No paper ! No paper !

Le vice-président avait donc choisi cette manière délicate 2510 pour m'avertir qu'il manquait de papier dans ce lieu.

Je filai sans demander mon reste jusqu'au débarras dont je possédais la clef et revins en courant de mes jambes flageolantes, les bras chargés de rouleaux. Monsieur Omochi me regarda les placer, me hurla quelque chose qui ne devait pas être un com- 2515 pliment, me jeta dehors et s'isola dans le cabinet ainsi pourvu.

L'âme en lambeaux, j'allai me réfugier dans les toilettes des dames. Je m'accroupis dans un coin et me mis à pleurer des larmes analphabètes.

Comme par hasard, ce fut le moment que choisit Fubuki 2520 pour venir se brosser les dents. Dans le miroir, je la vis qui, la bouche mousseuse de dentifrice, me regardait sangloter. Ses yeux jubilaient[3].

L'espace d'un instant, je haïs ma supérieure au point de sou-

1. Guerriers.
2. Gargouillis.
3. Exprimaient la joie la plus totale.

haiter sa mort. Songeant soudain à la coïncidence entre son
patronyme et un mot latin qui tombait à point, je faillis lui
crier : «Memento mori[1]!»

Six ans plus tôt, j'avais adoré un film japonais qui s'appelait
Furyo – le titre anglais était *Merry Christmas, mister Lawrence*.
Cela se passait au cours de la guerre du Pacifique, vers 1944.
Une bande de soldats britanniques étaient prisonniers dans un
camp militaire nippon. Entre un Anglais (David Bowie[2]) et un
chef japonais (Ryuichi Sakamoto) se nouaient ce que certains
manuels scolaires appellent des «relations paradoxales[3]».

Peut-être à cause de mon très jeune âge d'alors, j'avais trouvé
ce film d'Oshima[4] particulièrement bouleversant, surtout les
scènes de confrontation trouble entre les deux héros. Cela se
terminait sur une condamnation à mort de l'Anglais par le
Nippon.

L'une des scènes les plus délicieuses de ce long métrage était
celle où, vers la fin, le Japonais venait contempler sa victime à
demi morte. Il avait choisi comme supplice d'ensevelir son
corps dans la terre en ne laissant émerger que la tête exposée
au soleil : cet ingénieux stratagème tuait le prisonnier de trois
manières en même temps – la soif, la faim et l'insolation.

---

1. «N'oublie pas que tu es mortel», phrase qu'un esclave répétait à l'oreille des généraux, des
consuls et des empereurs triomphants dans la Rome antique.
2. Chanteur anglais pop et glamour, acteur à l'occasion.
3. Relations homosexuelles.
4. Réalisateur japonais né en 1932, connu pour ses «films d'auteur» et qui participa à la production de *Furyo*, en 1983.

2545 C'était d'autant plus approprié que le blond Britannique avait une carnation[1] susceptible de rôtir. Et quand le chef de guerre, raide et digne, venait se recueillir sur l'objet de sa «relation paradoxale», le visage du mourant avait la couleur d'un roast-beef beaucoup trop cuit, un peu noirci. J'avais seize ans 2550 et il me semblait que cette façon de mourir était une belle preuve d'amour.

Je ne pouvais m'empêcher de voir une parenté de situation entre cette histoire et mes tribulations[2] dans la compagnie Yumimoto. Certes, le châtiment que je subissais était différent. 2555 Mais j'étais quand même prisonnière de guerre dans un camp nippon et ma tortionnaire était d'une beauté au moins équivalente à celle de Ryuichi Sakamoto.

Un jour, comme elle se lavait les mains, je lui demandai si elle avait vu ce film. Elle acquiesça. Je devais être dans un jour 2560 d'audace car je poursuivis :

— Avez-vous aimé ?

— La musique était bien. Dommage que cela raconte une histoire fausse.

(Sans le savoir, Fubuki pratiquait le révisionnisme soft[3] qui 2565 est encore le fait de nombreux jeunes gens au pays du Soleil-Levant : ses compatriotes n'avaient rien à se reprocher quant à la dernière guerre et leurs incursions en Asie avaient pour but

---

1. Couleur de peau.
2. Aventures.
3. Relecture de l'histoire qui vise à adoucir, à réduire certains faits.

de protéger les indigènes[1] contre les nazis. Je n'étais pas en position de discuter avec elle.)

2570   — Je pense qu'il faut y voir une métaphore, me contentai-je de dire.

    — Une métaphore de quoi?

    — Du rapport à l'autre. Par exemple, des rapports entre vous et moi.

2575   Elle me regarda avec perplexité, l'air de se demander ce que cette handicapée mentale avait encore trouvé.

    — Oui, continuai-je. Entre vous et moi, il y a la même différence qu'entre Ryuichi Sakamoto et David Bowie. L'Orient et l'Occident. Derrière le conflit apparent, la même curiosité

2580 réciproque, les mêmes malentendus cachant un réel désir de s'entendre.

    J'avais beau m'en tenir à des litotes[2] pour le moins ascétiques[3], je me rendais compte que j'allais déjà trop loin.

    — Non, dit sobrement ma supérieure.

2585   — Pourquoi?

    Qu'allait-elle rétorquer? Elle avait l'embarras du choix : «Je n'éprouve aucune curiosité envers vous», ou «je n'ai aucun désir de m'entendre avec vous», ou «quelle outrecuidance[4] d'oser comparer votre sort à celui d'un prisonnier de guerre!», ou «il

---

1. Les habitants de ce continent.
2. Figure de style qui exprime une idée à l'aide d'une tournure négative.
3. Sobres.
4. Audace déplacée.

2590 y avait entre ces deux personnages quelque chose de trouble qu'en aucun cas je ne reprendrais à mon compte».

Mais non. Fubuki fut très habile. D'une voix neutre et polie, elle se contenta de me donner une réponse autrement percutante derrière sa courtoisie :

2595 — Je trouve que vous ne ressemblez pas à David Bowie.

Il fallait reconnaître qu'elle avait raison.

Il était rarissime que je parle, à ce poste qui était désormais le mien. Ce n'était pas interdit et, pourtant, une règle non écrite m'en empêchait. Bizarrement, quand on exerce une tâche aussi 2600 peu reluisante, la seule façon de préserver son honneur consiste à se taire.

En effet, si une nettoyeuse de chiottes bavarde, on a tendance à penser qu'elle est à l'aise dans son travail, qu'elle y est à sa place et que cet emploi l'épanouit au point de lui inspirer le 2605 désir de gazouiller.

En revanche, si elle se tait, c'est qu'elle vit son travail comme une mortification monacale[1]. Effacée dans son mutisme[2], elle accomplit sa mission expiatoire[3] en rémission des péchés de l'humanité. Bernanos[4] parle de l'accablante banalité du Mal ; la 2610 nettoyeuse de chiottes, elle, connaît l'accablante banalité de la déjection, toujours la même derrière de répugnantes disparités.

---

1. Digne d'une nonne.
2. Total silence
3. Purificatrice.
4. Écrivain français (1888-1948) dont les romans sont traversés par la thématique du combat entre le Bien et le Mal.

Son silence dit sa consternation. Elle est la carmélite[1] des commodités.

Je me taisais donc et pensais d'autant plus. Par exemple, en dépit de mon absence de ressemblance avec David Bowie, je trouvais que ma comparaison tenait la route. Il y avait bel et bien une parenté de situation entre mon cas et le sien. Car enfin, pour m'avoir attribué un poste aussi ordurier, il fallait bien que les sentiments de Fubuki à mon égard ne fussent pas tout à fait nets.

Elle avait d'autres subordonnés que moi. Je n'étais pas la seule personne qu'elle haïssait et méprisait. Elle eût pu en martyriser d'autres que moi. Or, elle n'exerçait sa cruauté qu'envers moi. Ce devait être un privilège.

Je décidai d'y voir une élection[2].

Ces pages pourraient donner à croire que je n'avais aucune vie en dehors de Yumimoto. Ce n'est pas exact. J'avais, en dehors de la compagnie, une existence qui était loin d'être vide ou insignifiante.

J'ai cependant décidé de n'en pas parler ici. D'abord parce que ce serait hors sujet. Ensuite parce que, vu mes horaires de travail, cette vie privée était pour le moins limitée dans le temps.

Mais surtout pour une raison d'ordre schizophrénique :

---

1. Nonne qui a choisi la claustration et le silence.
2. Un choix porté sur moi.

BIEN LIRE

- **Page 120, l. 2595 : Comment interprétez-vous la conclusion de Fubuki ?**
- **Page 121, l. 2625 : Quelle différence établissez-vous entre « préférence » et « élection » ?**

2635 quand j'étais à mon poste, aux toilettes du quarante-quatrième étage de Yumimoto, en train de récurer les vestiges des immondices[1] d'un cadre, il m'était impossible de concevoir qu'en dehors de cet immeuble, à onze stations de métro de là, il y avait un endroit où des gens m'aimaient, me respectaient et ne voyaient aucun rapport entre une brosse à chiottes et moi.

2640 Quand cette partie nocturne de mon quotidien me surgissait à l'esprit sur ce lieu de travail, je ne pouvais que penser ceci : « Non. Tu as inventé cette maison et ces individus. Si tu as l'impression qu'ils existent depuis plus longtemps que ta nouvelle affectation, c'est une illusion. Ouvre les yeux : que pèse la chair 2645 de ces précieux humains face à l'éternité de la faïence des sanitaires ? Rappelle-toi ces photos de villes bombardées : les gens sont morts, les maisons sont rasées, mais les toilettes se dressent encore fièrement dans le ciel, juchées sur les tuyauteries en érection. Quand l'Apocalypse[2] aura fait son œuvre, les cités ne 2650 seront plus que des forêts de chiottes. La chambre douce où tu dors, les personnes que tu aimes, ce sont des créations compensatoires de ton esprit. Il est typique des êtres qui exercent un métier lamentable de se composer ce que Nietzsche[3] appelle un arrière-monde, un paradis terrestre ou céleste auquel ils s'ef- 2655 forcent de croire pour se consoler de leur condition infecte. Leur éden[4] mental est d'autant plus beau que leur tâche est vile.

---

1. Saletés.
2. Fin du monde.
3. Philosophe allemand, né en 1844 et mort en 1900.
4. Paradis.

Crois-moi : rien n'existe en dehors des commodités du quarante-quatrième étage. Tout est ici et maintenant. »

Alors je m'approchais de la baie vitrée, parcourais des yeux
les onze stations de métro et regardais au bout du trajet : nulle
maison n'y était visible ou pensable. « Tu vois bien : cette
demeure tranquille est le fruit de ton imagination. »

Il ne me restait plus qu'à coller le front au verre et à me jeter
par la fenêtre. Je suis la seule personne au monde à qui est arrivé
ce miracle : ce qui m'a sauvé la vie, c'est la défenestration.

Encore aujourd'hui, il doit y avoir des lambeaux de mon
corps dans la ville entière.

Les mois passèrent. Chaque jour, le temps perdait de sa
consistance. J'étais incapable de déterminer s'il s'écoulait vite
ou lentement. Ma mémoire commençait à fonctionner comme
une chasse d'eau. Je la tirais le soir. Une brosse mentale élimi-
nait les dernières traces de souillure.

Nettoyage rituel qui ne servait à rien, puisque la cuvette de
mon cerveau retrouvait la saleté tous les matins.

Comme l'a remarqué le commun des mortels, les toilettes
sont un endroit propice à la méditation. Pour moi qui y étais
devenue carmélite, ce fut l'occasion de réfléchir. Et j'y compris
une grande chose : c'est qu'au Japon, l'existence, c'est l'entreprise.

Certes, c'est une vérité qui a déjà été écrite dans nombre de
traités d'économie consacrés à ce pays. Mais il y a un mur de
différence entre lire une phrase dans un essai et la vivre. Je pou-

vais me pénétrer de ce qu'elle signifiait pour les membres de la compagnie Yumimoto et pour moi.

2685 Mon calvaire n'était pas pire que le leur. Il était seulement plus dégradant. Cela ne suffisait pas pour que j'envie la position des autres. Elle était aussi misérable que la mienne.

Les comptables qui passaient dix heures par jour à recopier des chiffres étaient à mes yeux des victimes sacrifiées sur l'au-2690 tel d'une divinité dépourvue de grandeur et de mystère. De toute éternité, les humbles ont voué leur vie à des réalités qui les dépassaient : au moins, auparavant, pouvaient-ils supposer quelque cause mystique[1] à ce gâchis. À présent, ils ne pouvaient plus s'illusionner. Ils donnaient leur existence pour rien.

2695 Le Japon est le pays où le taux de suicide est le plus élevé, comme chacun sait. Pour ma part, ce qui m'étonne, c'est que le suicide n'y soit pas plus fréquent.

Et en dehors de l'entreprise, qu'est-ce qui attendait les comptables au cerveau rincé par les nombres ? La bière obligatoire 2700 avec des collègues aussi trépanés[2] qu'eux, des heures de métro bondé, une épouse déjà endormie, des enfants déjà lassés, le sommeil qui vous aspire comme un lavabo qui se vide, les rares vacances dont personne ne connaît le mode d'emploi : rien qui mérite le nom de vie.

---

1. Sacrée.
2 Dont le crâne a été ouvert, au cerveau abîmé.

BIEN LIRE

• **Page 123, l. 2665 : Expliquez le paradoxe : «Ce qui m'a sauvé la vie, c'est la défenestration ».**
• **Reportez-vous à la première page du récit.**
• **Page 124, l. 2695 : À quel propos la narratrice a-t-elle déjà évoqué le suicide ?**

2705 Le pire, c'est de penser qu'à l'échelle mondiale ces gens sont des privilégiés.

Décembre arriva, mois de ma démission. Ce mot pourrait étonner : j'approchais du terme de mon contrat, il ne s'agissait donc pas de démissionner. Et pourtant si. Je ne pouvais pas me 2710 contenter d'attendre le soir du 7 janvier 1991 et de partir en serrant quelques mains. Dans un pays où, jusqu'à il y a peu, contrat ou pas contrat, on était engagé forcément pour toujours, on ne quittait pas un emploi sans y mettre les formes.

Pour respecter la tradition, je devais présenter ma démission 2715 à chaque échelon hiérarchique, c'est-à-dire quatre fois, en commençant par le bas de la pyramide : d'abord à Fubuki, ensuite à monsieur Saito, puis à monsieur Omochi, enfin à monsieur Haneda.

Je me préparai mentalement à cet office. Il allait de soi que 2720 j'observerais la grande règle : ne pas me plaindre.

Par ailleurs, j'avais reçu une consigne paternelle : il ne fallait en aucun cas que cette affaire ternisse les bonnes relations entre la Belgique et le pays du Soleil-Levant. Il ne fallait donc pas laisser entendre qu'un Nippon de l'entreprise s'était mal 2725 conduit envers moi. Les seuls motifs que j'aurais le droit d'invoquer — car j'aurais à expliquer les raisons pour lesquelles je quittais un poste aussi avantageux — seraient des arguments énoncés à la première personne du singulier.

Sous l'angle de la pure logique, cela ne me laissait pas l'embarras du choix : cela signifiait que je devais prendre tous les torts sur moi. Une telle attitude ne manquerait pas d'être risible mais je partais du principe que les salariés de Yumimoto seraient reconnaissants de me voir l'adopter pour les aider à ne pas perdre la face et m'interromperaient en protestant : « Ne dites

2735 pas de mal de vous, vous êtes quelqu'un de très bien ! »

Je sollicitai une entrevue avec ma supérieure. Elle me donna rendez-vous en fin d'après-midi dans un bureau vide. Au moment de la rejoindre, un démon murmura dans ma tête : « Dis-lui que, comme madame Pipi, tu peux gagner plus

2740 ailleurs. » J'eus beaucoup de peine à museler ce diable et j'étais déjà au bord du fou rire quand je m'assis en face de la belle.

Le démon choisit cet instant pour me chuchoter cette suggestion : « Dis-lui que tu restes seulement si on met aux chiottes une assiette où chaque usager déposera cinquante yens. »

2745 Je mordis l'intérieur de mes joues pour garder mon sérieux. C'était si difficile que je ne parvenais pas à parler.

Fubuki soupira :

– Eh bien ? Vous aviez quelque chose à me dire ?

Afin de cacher ma bouche qui se tordait, je baissai la tête

2750 autant que possible, ce qui me conféra une apparence d'humilité dont ma supérieure dut être satisfaite.

– Nous approchons du terme de mon contrat et je voulais vous annoncer, avec tous les regrets dont je suis capable, que je ne pourrai le reconduire.

2755 Ma voix était celle, soumise et craintive, de l'inférieure archétypale[1].

_____

1. Modèle.

– Ah? Et pourquoi? me demanda-t-elle sèchement.

Quelle question formidable! Je n'étais donc pas la seule à jouer la comédie. Je lui emboîtai le pas avec cette caricature de réponse :

– La compagnie Yumimoto m'a donné de grandes et multiples occasions de faire mes preuves. Je lui en serai éternellement reconnaissante. Hélas, je n'ai pas pu me montrer à la hauteur de l'honneur qui m'était accordé.

Je dus m'arrêter pour me mordre à nouveau l'intérieur des joues, tant ce que je racontais me paraissait comique. Fubuki, elle, ne semblait pas trouver cela drôle, puisqu'elle dit :

– C'est exact. Selon vous, pourquoi n'étiez-vous pas à la hauteur?

Je ne pus m'empêcher de relever la tête pour la regarder avec stupéfaction : était-il possible qu'elle me demande pourquoi je n'étais pas à la hauteur des chiottes de l'entreprise? Son besoin de m'humilier était-il si démesuré? Et s'il en était ainsi, quelle pouvait donc être la nature véritable de ses sentiments à mon égard?

Les yeux dans les siens, pour ne pas rater sa réaction, je prononçai l'énormité suivante :

– Parce que je n'en avais pas les capacités intellectuelles.

Il m'importait moins de savoir quelles capacités intellectuelles étaient nécessaires pour nettoyer une cuvette souillée que de voir si une aussi grotesque preuve de soumission serait du goût de ma tortionnaire.

Son visage de Japonaise bien élevée demeura immobile et

inexpressif, et il me fallut l'observer au sismographe[1] pour détecter la légère crispation de ses mâchoires provoquée par ma réponse : elle jouissait.

Elle n'allait pas s'arrêter en si bon chemin sur la route du plaisir. Elle continua :

– Je le pense aussi. Quelle est, d'après vous, l'origine de cette incapacité ?

La réponse coulait de source. Je m'amusais beaucoup :

– C'est l'infériorité du cerveau occidental par rapport au cerveau nippon.

Enchantée de ma docilité face à ses désirs, Fubuki trouva une répartie équitable :

– Il y a certainement de cela. Cependant, il ne faut pas exagérer l'infériorité du cerveau occidental moyen. Ne croyez-vous pas que cette incapacité provient surtout d'une déficience propre à votre cerveau à vous ?

– Sûrement.

– Au début, je pensais que vous aviez le désir de saboter Yumimoto. Jurez-moi que vous ne faisiez pas exprès d'être stupide.

– Je le jure.

– Êtes-vous consciente de votre handicap ?

– Oui. La compagnie Yumimoto m'a aidée à m'en apercevoir.

Le visage de ma supérieure demeurait impassible mais je sen-

---

1. Appareil qui détecte et enregistre les tremblements de terre.

tais à sa voix que sa bouche se desséchait. J'étais heureuse de lui fournir enfin un moment de volupté.

2810 — L'entreprise vous a donc rendu un grand service.

— Je lui en serai pleine de gratitude pour l'éternité.

J'adorais le tour surréaliste[1] que prenait cet échange qui hissait Fubuki vers un septième ciel inattendu. Au fond, c'était un moment très émouvant.

2815 « Chère tempête de neige, si je puis, à si peu de frais, être l'instrument de ta jouissance, ne te gêne surtout pas, assaille-moi de tes flocons âpres et durs, de tes grêlons taillés comme des silex, tes nuages sont si lourds de rage, j'accepte d'être la mortelle perdue dans la montagne sur laquelle ils déchargent 2820 leur colère, je reçois en pleine figure leurs mille postillons glacés, il ne m'en coûte guère et c'est un beau spectacle que ton besoin d'entailler ma peau à coups d'insultes, tu tires à blanc, chère tempête de neige, j'ai refusé que l'on me bande les yeux face à ton peloton d'exécution, car il y a si longtemps que j'at-2825 tendais de voir du plaisir dans ton regard. »

Je crus qu'elle avait atteint l'assouvissement[2] car elle me posa cette question qui me parut de simple forme :

— Et ensuite, que comptez-vous faire ?

Je n'avais pas l'intention de lui parler des manuscrits que 2830 j'écrivais. Je m'en tirai avec une banalité :

— Je pourrais peut-être enseigner le français.

Ma supérieure éclata d'un rire méprisant.

---

1. Au-delà de toute réalité.
2. La pleine satisfaction.

– Enseigner! Vous! Vous vous croyez capable d'enseigner!

Sacrée tempête de neige, jamais à court de munitions!

2835   Je compris qu'elle en redemandait. Je n'allais donc pas sottement lui répondre que j'avais un diplôme de professeur.

Je baissai la tête.

– Vous avez raison, je ne suis pas encore assez consciente de mes limites.

2840   – En effet. Franchement, quel métier pourriez-vous exercer?

Il fallait que je lui donne accès au paroxysme de l'extase.

Dans l'ancien protocole[1] impérial nippon, il est stipulé que l'on s'adressera à l'Empereur avec «stupeur[2] et tremblements».

J'ai toujours adoré cette formule qui correspond si bien au jeu

2845   des acteurs dans les films de samouraïs, quand ils s'adressent à leur chef, la voix traumatisée par un respect surhumain.

Je pris donc le masque de la stupeur et je commençai à trembler. Je plongeai un regard plein d'effroi dans celui de la jeune femme et je bégayai:

2850   – Croyez-vous que l'on voudra de moi au ramassage des ordures?

– Oui! dit-elle avec un peu trop d'enthousiasme.

Elle respira un grand coup. J'avais réussi.

Il fallut ensuite que je présente ma démission à monsieur

2855   Saito. Il me donna lui aussi rendez-vous dans un bureau vide mais, à la différence de Fubuki, il semblait mal à l'aise quand je m'assis en face de lui.

---

1. Ensemble des codes de la cour.
2. Étonnement profond et, ici, sacré.

– Nous approchons du terme de mon contrat et je voulais vous annoncer avec regret que je ne pourrai le reconduire.

360 Le visage de monsieur Saito se crispa en une multitude de tics. Comme je ne parvenais pas à traduire ces mimiques, je continuai mon numéro :

– La compagnie Yumimoto m'a donné de multiples occasions de faire mes preuves. Je lui en serai éternellement recon-
365 naissante. Hélas, je n'ai pas pu me montrer à la hauteur de l'honneur qui m'était accordé.

Le petit corps malingre de monsieur Saito s'agita en soubre-sauts nerveux. Il avait l'air très gêné de ce que je racontais.

– Amélie-san…

370 Ses yeux cherchaient dans tous les coins de la pièce, comme s'ils allaient y trouver un mot à dire. Je le plaignais.

– Saito-san ?

– Je… nous… je suis désolé. Je n'aurais pas voulu que les choses se passent ainsi.

375 Un Japonais qui s'excuse pour de vrai, cela arrive environ une fois par siècle. Je fus horrifiée que monsieur Saito ait consenti pour moi une telle humiliation. C'était d'autant plus injuste qu'il n'avait joué aucun rôle dans mes destitutions successives.

– Vous n'avez pas à être désolé. Les choses se sont déroulées

BIEN LIRE

• Page 125, l. 2721-2723 : Quelle peut être la fonction du père d'Amélie ?

• Page 129, l. 2829-2830 : Quel est l'intérêt de cette remarque pour nous, lecteurs ?

• Page 130, l. 2843 : Notez l'origine impériale du titre du récit.

²⁸⁸⁰ au mieux. Et mon passage dans votre société m'a beaucoup appris.

Et là, en vérité, je ne mentais pas.

— Vous avez des projets ? me demanda-t-il avec un sourire hypertendu et gentil.

²⁸⁸⁵ — Ne vous inquiétez pas pour moi. Je trouverai bien quelque chose.

Pauvre monsieur Saito ! C'était à moi de le réconforter. Malgré sa relative ascension professionnelle, il était un Nippon parmi des milliers, à la fois esclave et bourreau maladroit d'un ²⁸⁹⁰ système qu'il n'aimait sûrement pas mais qu'il ne dénigrerait[1] jamais, par faiblesse et manque d'imagination.

Ce fut au tour de monsieur Omochi. J'étais morte de peur à l'idée de me retrouver seule avec lui dans son bureau. J'avais tort : le vice-président était d'excellente humeur.

²⁸⁹⁵ Il me vit et s'exclama :

— Amélie-san !

Il le dit de cette façon nippone et formidable qui consiste à confirmer l'existence d'une personne en lançant son nom en l'air.

²⁹⁰⁰ Il avait parlé la bouche pleine. Rien qu'au son de sa voix, j'essayai de diagnostiquer la nature de cet aliment. Ce devait être pâteux, collant, le genre de chose dont il faut désengluer ses dents avec sa langue pendant de longues minutes. Pas assez

---

1. Critiquer, déprécier.

adhérent au palais, cependant, pour être du caramel. Trop gras
pour être du lacet de réglisse. Trop épais pour être du marsh-
mallow. Mystère.

Je me lançai dans ma litanie[1], maintenant bien rodée :

– Nous approchons du terme de mon contrat et je voulais
vous annoncer avec regret que je ne pourrai le reconduire.

La friandise, posée sur ses genoux, m'était dissimulée par le
bureau. Il en porta une nouvelle ration à sa bouche : les gros
doigts me cachèrent cette cargaison qui fut engloutie sans que
j'aie pu en apercevoir la couleur. J'en fus contrariée.

L'obèse dut s'apercevoir de ma curiosité envers son alimen-
tation car il déplaça le paquet qu'il jeta sous mes yeux. À ma
grande surprise, je vis du chocolat vert pâle.

Perplexe, je levai vers le vice-président un regard plein d'appréhension :

– C'est du chocolat de la planète Mars ?

Il se mit à hurler de rire. Il hoquetait convulsivement :

– Kassei no chokorêto ! Kassei no chokorêto !

C'est-à-dire : « Du chocolat de Mars ! Du chocolat de Mars ! »

Je trouvais que c'était une manière étonnante d'accueillir ma
démission. Et cette hilarité pleine de cholestérol me mettait très
mal à l'aise. Elle enflait et je voyais le moment où une crise car-
diaque le terrasserait sous mes yeux.

Comment expliquerais-je cela aux autorités ? « J'étais venue
lui donner ma démission. Ça l'a tué. » Aucun membre de la

---

1. Refrain.

compagnie Yumimoto ne goberait pareille version : j'étais le
2930 genre d'employée dont le départ ne pouvait être qu'une excellente nouvelle.

Quant à l'histoire de chocolat vert, personne n'y croirait On
ne meurt pas à cause d'une latte de chocolat, fût-elle couleur
de chlorophylle. La thèse de l'assassinat se révélerait beaucoup
2935 plus crédible. Ce ne seraient pas les mobiles qui m'auraient
manqué.

Bref, il fallait espérer que monsieur Omochi ne crevât pas,
car j'eusse été la coupable idéale.

Je m'apprêtais à lancer mon second couplet pour couper
2940 court à ce typhon de rire quand l'obèse précisa :

– C'est du chocolat blanc au melon vert, une spécialité de
Hokkaido[1]. Exquis. Ils ont reconstitué à la perfection le goût
du melon japonais. Tenez, essayez.

– Non, merci.

2945 J'aimais le melon nippon, mais l'idée de cette saveur mêlée
à celle du chocolat blanc me répugnait réellement.

Pour d'obscures raisons, mon refus irrita le vice-président. Il
renouvela son ordre à la forme polie :

– Meshiagatte kudasai.

2950 C'est-à-dire : « S'il vous plaît, faites-moi la faveur de manger. »
Je refusai.

Il commença à dévaler les niveaux de langue :

– Tabete.

---

1. Île qui forme la partie nord du Japon.

C'est-à-dire « Mangez. »

2955 Je refusai.

Il cria :

– Taberu !

C'est-à-dire : « Bouffe ! »

Je refusai.

2960 Il explosa de colère :

– Dites donc, aussi longtemps que votre contrat n'est pas terminé, vous devez m'obéir !

– Qu'est-ce que cela peut vous faire, que j'en mange ou non ?

2965 – Insolente ! Vous n'avez pas à me poser de questions ! Vous devez exécuter mes ordres.

– Qu'est-ce que je risque, si je n'obtempère[1] pas ? D'être fichue à la porte ? Cela m'arrangerait.

L'instant d'après, je me rendis compte que j'étais allée trop 2970 loin. Il suffisait de voir l'expression de monsieur Omochi pour comprendre que les bonnes relations belgo-japonaises étaient en train d'en prendre un coup.

Son infarctus paraissait imminent. J'allai à Canossa :

– Veuillez m'excuser.

2975 Il retrouva assez de souffle pour rugir

– Bouffe !

C'était mon châtiment. Qui eût pu croire que manger du chocolat vert constituerait un acte de politique internationale ?

---

1. Obéis.

Je tendis la main vers le paquet en pensant que les choses
2980 s'étaient peut-être passées comme cela, au jardin d'Éden : Ève
n'avait aucune envie de croquer la pomme, mais un serpent
obèse, pris d'une crise de sadisme aussi soudaine qu'inexpli-
cable, l'y avait contrainte.

Je coupai un carré verdâtre et le portai à ma bouche. C'était
2985 surtout cette couleur qui me rebutait. Je mâchai : à ma grande
honte, je trouvai que c'était loin d'être mauvais.

– C'est délicieux, dis-je à contrecœur.

– Ha ! ha ! C'est bon, hein, le chocolat de la planète Mars ?

Il triomphait. Les relations nippo-belges étaient à nouveau
2990 excellentes.

Quand j'eus dégluti la cause du casus belli[1], j'entamai la suite
de mon numéro :

– La compagnie Yumimoto m'a donné de multiples occasions de faire mes preuves. Je lui en serai éternellement recon-
2995 naissante. Hélas, je n'ai pas pu me montrer à la hauteur de
l'honneur qui m'était accordé.

D'abord interloqué, sans doute parce qu'il avait totalement
oublié ce dont j'étais venue lui parler, monsieur Omochi éclata
de rire.

3000 Dans ma douce candeur[2], j'avais imaginé qu'en m'humiliant
ainsi pour le salut de leur réputation, en m'abaissant moi-même
afin de n'avoir aucun reproche à leur adresser, j'allais susciter

---

1. Acte qui motive une déclaration de guerre.
2. Innocence.

des protestations polies, du genre : «Si si, voyons, vous étiez à la hauteur!»

Or, c'était la troisième fois que je sortais mon laïus[1] et il n'y avait toujours pas eu de dénégation[2]. Fubuki, loin de contester mes manques, avait tenu à préciser que mon cas était plus grave encore. Monsieur Saito, si gêné qu'il fût de mes mésaventures, n'avait pas mis en cause le bien-fondé de mon auto-dénigrement. Quant au vice-président, non seulement il ne trouvait rien à redire à mes allégations, mais il les accueillait avec une hilarité des plus enthousiastes.

Ce constat me rappela le mot d'André Maurois[3] : «Ne dites pas trop de mal de vous-même : on vous croirait.»

L'ogre tira de sa poche un mouchoir, sécha ses larmes de rire et, à ma grande stupeur, se moucha, ce qui est au Japon l'un des combles de la grossièreté. Étais-je donc tombée si bas que l'on pouvait sans vergogne vider son nez devant moi?

Ensuite, il soupira :

– Amélie-san!

Il n'ajouta rien. J'en conclus que, pour lui, l'affaire était close. Je me levai, saluai et partis sans demander mon reste.

Il ne me restait plus que Dieu.

Jamais je ne fus aussi nippone qu'en remettant ma démission

---

1. Discours.
2. Contestation.
3. Écrivain français, né en 1885 et mort en 1967.

au président. Devant lui, ma gêne était sincère et s'exprimait par un sourire crispé entrecoupé de hoquets étouffés.

Monsieur Haneda me reçut avec une extrême gentillesse dans son bureau immense et lumineux.

– Nous approchons du terme de mon contrat et je voulais vous annoncer avec regret que je ne pourrai le reconduire.

– Bien sûr. Je vous comprends.

Il était le premier à commenter ma décision avec humanité.

– La compagnie Yumimoto m'a donné de multiples occasions de faire mes preuves. Je lui en serai éternellement reconnaissante. Hélas, je n'ai pas pu me montrer à la hauteur de l'honneur qui m'était accordé.

Il réagit aussitôt :

– Ce n'est pas vrai, vous le savez bien. Votre collaboration avec monsieur Tenshi a démontré que vous avez d'excellentes capacités dans les domaines qui vous conviennent.

Ah, quand même !

Il ajouta en soupirant :

– Vous n'avez pas eu de chance, vous n'êtes pas arrivée au bon moment. Je vous donne raison de partir mais sachez que, si un jour vous changiez d'avis, vous seriez ici la bienvenue. Je ne suis certainement pas le seul à qui vous manquerez.

Je suis persuadée qu'il se trompait sur ce point. Cela ne m'en émut pas moins. Il parlait avec une bonté si convaincante que je fus presque triste à l'idée de quitter cette entreprise.

Nouvel an : trois jours de repos rituel et obligatoire. Un tel farniente[1] a quelque chose de traumatisant pour les Japonais.

Pendant trois jours et trois nuits, il n'est même pas permis de cuisiner. On mange des mets froids, préparés à l'avance et entreposés dans de superbes boîtes de laque.

Parmi ces nourritures de fêtes, il y a les omochi : des gâteaux de riz dont, auparavant, je raffolais. Cette année-là, pour des raisons onomastiques[2], je ne pus en avaler.

Quand j'approchais de ma bouche un omochi, j'avais la certitude qu'il allait rugir : «Amélie-san!» et éclater d'un rire gras.

Retour à la compagnie pour seulement trois jours de travail. Le monde entier avait les yeux dardés sur le Koweït et ne pensait qu'au 15 janvier.

Moi, j'avais les yeux dardés sur la baie vitrée des toilettes et je ne pensais qu'au 7 janvier : c'était mon ultimatum.

Le matin du 7 janvier, je ne pouvais pas y croire : j'avais tant attendu cette date. Il me semblait que j'étais chez Yumimoto depuis dix ans.

---

1. Mot à mot «ne rien faire».
2. Liées au nom «Omochi».

BIEN LIRE

• **Page 135, l. 2973 : «J'allais à Canossa»** : **«je me soumis».** Canossa est une ville d'Italie ; Henri IV vient s'y agenouiller devant le pape Grégoire VII pour qu'il annule l'excommunication qui le frappait.

• **Page 138, l. 3033-3036 : Remarquez que la forme est récurrente.**

• **Page 139, l. 3061-3062 : Date limite à laquelle Saddam Hussein devait se retirer du Koweit et au lendemain de laquelle les États-Unis lanceraient l'attaque contre l'Irak.**

Je passai ma journée aux commodités du quarante-quatrième étage dans une atmosphère de religiosité : j'effectuais
3070 les moindres gestes avec la solennité d'un sacerdoce[1]. Je regrettais presque de ne pouvoir vérifier le mot de la vieille carmélite : « Au Carmel, ce sont les trente premières années qui sont difficiles. »

Vers dix-huit heures, après m'être lavé les mains, j'allai serrer
3075 celles de quelques individus qui, à des titres divers m'avaient laissé entendre qu'ils me considéraient comme un être humain. La main de Fubuki ne fut pas du lot. Je le regrettai, d'autant que je n'éprouvais envers elle aucune rancune : ce fut par amour-propre que je me contraignis à ne pas la saluer. Par la suite, je
3080 trouvai cette attitude stupide : préférer son orgueil à la contemplation d'un visage exceptionnel, c'était un mauvais calcul.

À dix-huit heures trente, je retournai une dernière fois au Carmel. Les toilettes pour dames étaient désertes. La laideur de l'éclairage au néon ne m'empêcha pas d'avoir le cœur serré :
3085 sept mois – de ma vie ? non ; de mon temps sur cette planète – s'étaient écoulés ici. Pas de quoi être nostalgique. Et pourtant ma gorge se nouait.

D'instinct, je marchai vers la fenêtre. Je collai mon front à la vitre et je sus que c'était cela qui me manquerait : il n'était
3090 pas donné à tout le monde de dominer la ville du haut du quarante-quatrième étage.

La fenêtre était la frontière entre la lumière horrible et l'ad-

---

1. Fonction religieuse.

mirable obscurité, entre les cabinets et l'infini, entre l'hygié-
nique et l'impossible à laver, entre la chasse d'eau et le ciel. Aussi
longtemps qu'il existerait des fenêtres, le moindre humain de
la terre aurait sa part de liberté.

Une ultime fois, je me jetai dans le vide. Je regardai mon
corps tomber.

Quand j'eus contenté ma soif de défenestration, je quittai
l'immeuble Yumimoto. On ne m'y revit jamais.

Quelques jours plus tard, je retournai en Europe.

Le 14 janvier 1991, je commençai à écrire un manuscrit
dont le titre était *Hygiène de l'assassin.*

Le 15 janvier était la date de l'ultimatum américain contre
l'Irak. Le 17 janvier, ce fut la guerre.

Le 18 janvier, à l'autre bout de la planète, Fubuki Mori eut
trente ans.

Le temps, conformément à sa vieille habitude, passa.

En 1992, mon premier roman fut publié.

En 1993, je reçus une lettre de Tokyo. Le texte en était ainsi
libellé :

« Amélie-san,
Félicitations.
Mori Fubuki. »

3115   Ce mot avait de quoi me faire plaisir. Mais il comportait un détail qui me ravit au plus haut point : il était écrit en japonais.

BIEN LIRE   **L. 3117 : Expliquez cette chute.**

Après-texte

Lire

1 Dans quel espace clos les actions se déroulent-elles ? La narratrice l'a « baptisé "Yumimoto" » (voir page 13) : en quoi l'emploi du verbe « baptisé » renseigne-t-il le lecteur sur le statut de la narratrice ? Dans quel lieu le parcours de celle-ci s'achève-t-il ?

2 Quelle définition reçoit la société Yumimoto aux lignes 1462-1469 ? Quel est le champ lexical utilisé par la narratrice ? Trouvez-en d'autres occurrences.

3 Les événements sont-ils racontés selon l'ordre chronologique ? Répondez en utilisant les indices temporels. Ceux-ci sont-ils toujours explicites et précis ? Dans quel épisode sont-ils indéterminés ? (pages 56 à 58). Quel est alors l'état mental de la narratrice ?

4 L'entreprise japonaise est plusieurs fois désignée par le mot « système » : dressez la liste des principaux constituants du « système » Yumimoto, à partir de l'incipit.
Quel procédé stylistique est utilisé dans cet incipit ?

5 Pour quelles compétences Amélie a-t-elle été embauchée et quelles sont ses motivations ? Parmi toutes les tâches qui lui sont confiées, laquelle, seule, correspond à son attente ?

Montrez que l'absurdité et l'arbitraire sont au cœur du processus d'humiliation : quels personnages en sont les acteurs ? Lesquels s'y opposent ? Par quels moyens ? Avec quel personnage la dialectique bourreau-victime est-elle la plus complexe ? Pourquoi ?

6 Quelles sont les réactions de la narratrice face au « dogme de la soumission » (p. 93) ? Quels sont les effets des brimades sur son état psychologique ? Dans quel épisode le comportement du personnage frôle-t-il la folie ?

7 Quelle « gaffe » est à l'origine du dernier changement d'affectation ? Mettez en rapport le temps de l'histoire et le temps du récit : quelle est la place de cet épisode dans l'ensemble du texte ?

8 Quel est le dénouement de cette expérience d'humiliation ? Quelles facultés ont permis à Amélie-san de traverser l'épreuve et de ne pas tomber dans l'abîme de Yumimoto ?

Écrire

9 Vous avez peut-être été témoin, acteur ou victime d'une humiliation. Après avoir précisé les circonstances et la nature du fait, vous direz ce que vous avez éprouvé, quelles traces il a laissé en vous et comment il a fait évoluer votre relation à vous-même et à autrui.

10 Dans la même situation que la narratrice, comment auriez-vous réagi : auriez-vous choisi la soumission, la révolte ou la dérision ? Justifiez votre réponse en vous référant à des situations précises du texte.

Chercher

11 Que signifie l'expression « commencer un récit *in medias res* » ?

12 Documentez-vous sur le fonctionnement des grandes compagnies japonaises, notamment sur la notion de hiérarchie et sur le statut des employés. La représentation qu'en donne le récit est-elle conforme à la réalité ?

13 Cherchez l'étymologie du nom « aliénation » et donnez des mots appartenant à la même famille.

LE RYTHME DE LA NARRATION

On appelle rythme de la narration le rapport entre le *temps de l'histoire* (la durée des événements racontés, comptée en années, mois, jours, heures...) et le *temps du récit* (compté en nombre de lignes ou de pages). Le *temps de l'histoire* correspond à un moment de l'existence de la narratrice et sa durée est précisément délimitée ; le *temps du récit* est choisi par la narratrice – qui est aussi l'auteur de *Stupeur et Tremblements* – : celle-ci peut travailler le temps du récit pour raconter rétrospectivement son expérience et la reconstituer.

Pour accélérer le rythme, le narrateur peut avoir recours au *sommaire* qui résume les événements en quelques lignes (« Les jours s'écoulaient et je ne servais toujours à rien. Cela ne me dérangeait pas outre mesure. J'avais l'impression que l'on m'avait oubliée, ce qui n'était pas désagréable. Assise à mon bureau, je lisais et relisais les documents que Fubuki avait mis à ma disposition. », l. 166-170). Pour ralentir le rythme, le narrateur peut privilégier le recours à la *scène* : on parle de *scène* lorsque la durée des faits racontés semble coïncider avec le temps de leur lecture. Elles comportent souvent des dialogues et des monologues intérieurs. C'est le procédé dominant dans *Stupeur et tremblements* : les scènes sont nombreuses (avec Fubuki, monsieur Saito ou le vice-président) ; elles marquent les temps forts de l'action et la font progresser (la convocation dans le bureau de monsieur Omochi, l. 634 à 729 ; la scène de la nuit du 30 au 31, l. 1292 à 1365 ; la scène du viol verbal et de ses conséquences sur la relation entre Amélie et Fubuki, l. 1870 à 2053).

LE RÉCIT À LA PREMIÈRE PERSONNE :

UN « MOI » DANS TOUS SES ÉTATS

Lire

1 Relevez les indices qui montrent que le narrateur, le personnage principal et l'auteur sont la même personne. Quel est le point de vue narratif choisi ? À quel moment du récit le « je » qui s'exprime s'affirme-t-il comme celui d' un écrivain ?

2 Quel genre attribueriez-vous à l'ouvrage *Stupeur et Tremblements* : autobiographie ou récit de vie ? Quel est le sous-entendu dans cette citation : « Ces pages pourraient donner à croire que je n'avais aucune vie en dehors de Yumimoto. Ce n' est pas exact. [...] J' ai cependant décidé de ne pas en parler ici. D' abord parce que ce serait hors-sujet. » (l. 2626-2631) ?

3 En vous reportant aux lignes 332 à 343, dites ce que représente l'expérience japonaise dans le passé et le présent de la narratrice. En quoi « l'épisode Yumimoto » est-il une destruction progressive de la mythologie de l'enfance ? (l. 2191 à 2198)

4 Redonnez, dans leur ordre chronologique, les différents états d'esprit de la narratrice. Attachez-vous, par exemple, aux états successifs de vacuité (pages 16, 48) ; montrez aussi que l'activité intellectuelle du personnage est inversement proportionnelle à sa fonction de « nettoyeuse de chiottes ».

5 Page 56, l. 1107 commence le récit « d'un des pires cauchemars » de la vie de la narratrice : rappelez quel est le « handicap » à l'origine de cet épisode (page 58) et la ligne qui en marque la fin. Commentez cette image : « J'étais le Sisyphe » de la comptabilité » (l. 1244). Quelle « contrainte » (l. 1205) Amélie-san impose-t-elle alors à son cerveau ? Quels sont les effets de l'insomnie sur le langage, le comportement du personnage ?

6 Montrez comment la nuit du 30 au 31 marque un paroxysme dans le délire euphorique. À qui Amélie-san finit-elle par se comparer ?

7 Quel personnage est le « maître » des états mentaux d'Amelie-san ? En reprenant les principales scènes du récit, montrez que ses tentatives de déconstruction de l'ego d'Amélie sont toujours mises en échec par les multiples ressources du personnage. En quoi la scène de démission et l'épilogue sont-ils jubilatoires ?

8 « Aussi longtemps qu'il existerait des fenêtres, le moindre humain de la terre aurait sa part de liberté » (l. 3094-3096) : à quelle phrase de la situation initiale celle-ci fait-elle écho ?

Écrire

9 Votre enfance est-elle attachée à un lieu qui, depuis cette époque, vous est cher ? Si oui, décrivez-le à l'aide d'un lexique valorisant et dites ce qu'il représente à vos yeux, au moment où vous écrivez.

10 Existe-t-il une activité, une profession qui représenterait pour vous le pire des cauchemars ? Construisez, pour répondre, un paragraphe argumentatif ; n'oubliez pas d'accompagner les arguments d'exemples précis.

Chercher

11 Faites des recherches sur les manifestations cliniques du délire euphorique.

12 Reportez-vous à une biographie de l'auteure et trouvez des précisions sur sa petite enfance japonaise. D'autre part, dans quel roman évoque-t-elle sa vie dans la Chine de Mao ?

À SAVOIR

AUTOBIOGRAPHIE ET ROMAN

Dans *Stupeur et Tremblements,* l'auteur, le narrateur et le personnage principal se confondent. Il s'agit d'un récit autobiographique, mais les indices (prénom, enfance japonaise, nationalité belge, père diplomate) sont très discrets ; la fonction d'écrivain apparaît dans la toute fin du récit, l. 3102-3103 : « Le 14 janvier 1991, je commençai à écrire un manuscrit dont le titre était *Hygiène de l'assassin.* »)

D'autres éléments permettent de penser que ce texte relève presque plus du témoignage que de l'autobiographie :

• le regard rétrospectif se pose sur un épisode précis, limité dans le temps, qui relate une seule expérience ;

• les temps repères sont le passé simple et l'imparfait, le présent d'énonciation est très peu employé, coupant le texte de la situation d'énonciation et soulignant le caractère révolu des événements rapportés.

Amélie Nothomb a choisi de raconter cette expérience dans la distanciation, l'humour, l'ironie, et elle intervient très peu pour exprimer son jugement actuel, s'effaçant complètement derrière le personnage d'Amélie-san. La subjectivité qui s'exprime est celle de la narratrice, au moment des faits, peu celle de l'auteur au moment de l'écriture.

Enfin, comme dans le roman, le plaisir de raconter, de séduire le lecteur par le travail du style sont les premiers enjeux de l'auteur ; le pacte avec le lecteur n'est pas celui de l' authenticité, mais bien celui de la séduction, par le jeu littéraire, la complicité.

LES PERSONNAGES /

COMMENT PEUT-ON ÊTRE JAPONAIS ?

Lire

1 Quel est l'aspect des relations humaines sur lequel s'ouvre l'incipit du récit ?

2 Dans les lignes 2675 à 2706, que dit-elle de la condition de la plupart des employés japonais ?

3 À quels personnages fictifs Amélie associe-t-elle le vice-président, monsieur Omochi ?

4 Il y a dans le récit une opposition récurrente entre le cerveau occidental et le cerveau japonais (p. 20, 54, 128) : quel adjectif peut caractériser le point de vue des Japonais ? En quoi Amélie apparaît-elle comme une « excentrique » (page 55) aux yeux de ses collègues ? À l'opposé, en quoi Fubuki est-elle un modèle d'« *executive woman* » (l. 1256) ?

5 La première rencontre entre Amélie et Fubuki est racontée aux lignes 99 à 130 : quels « motifs » romanesques observez-vous dans cette scène ? Commentez cette phrase du point de vue du style : « Mais ce qui me pétrifiait, c'était la splendeur de son visage » (l. 113).

6 Montrez que la préciosité marque le vocabulaire utilisé par Amélie pour exprimer ses sentiments à l'égard de Fubuki. Dans quelles scènes le discours se teinte-t-il d'érotisme ? En quoi celui-ci est-il un des aspects du masochisme manifesté par le personnage d'Amélie-san ?

7 Les pages 71 à 78 sont consacrées au portrait. Étudiez les différents procédés stylistiques qui lui donnent une dimension symbolique. Expliquez l'expression « corsets physiques et mentaux » (l. 1489) ; quelle est l'image utilisée ? À partir de quelle ligne la narratrice généralise-t-elle le portrait ? Quel en est l'objet ? À quel texte vous font penser l'utilisation du pronom personnel de la deuxième personne du singulier et du futur simple ? L'injonction « Tu as pour devoir » est répétée trois fois en début de paragraphe : comment appelle-t-on cette figure de style ? Enfin, classez les éléments selon qu'ils représentent des valeurs sociales, morales, intellectuelles. Sur quel ton est traité le thème du suicide (l. 1631-1634) ?

8 Quelle est la fonction de ce portrait dans l'économie du récit ? En quoi le jugement de l'auteur prend-il le pas sur le récit du personnage-narrateur ?

Écrire

9 Par quels biais (littérature, cinéma, bande-dessinée…) avez-vous connaissance du Japon et de ses mœurs ? Est-ce un pays, une culture qui vous attire et aimeriez-vous en faire une destination de voyage ?

10 Qualifiez le regard que vous portez sur les autres cultures. Êtes-vous chauvin, voire xénophobe, ou plutôt curieux, ouvert et tolérant ? Pourriez-vous, par exemple, envisager une histoire d'amour ou un mariage « mixte » ?

Chercher

11 Quel est le roman épistolaire du XVIIIe siècle qui propose une satire de la société française de l'époque à travers le regard d'un Persan ?

12 Faites des recherches sur la condition féminine dans le Japon contemporain et recoupez-les avec ce qu'en dit Amélie Nothomb. A-t-elle versé dans l'hyperbole ? Ou son personnage de Fubuki est-il bien l'incarnation de la Japonaise ?

À SAVOIR

**LA MODÉLISATION DANS LE DISCOURS :
LE REGARD SUR LA JAPONAISE D'UNE OCCIDENTALE**

Un des projets de l'auteur est de faire le portrait subjectif de la japonaise « éternelle ».

• Ainsi, on parle de modalisation quand l'énonciateur utilise dans son énoncé des moyens lexicaux et syntaxiques qui traduisent sa présence et son jugement.
• Les modalisateurs sont des mots, des expressions qui montrent que l'énonciateur affirme avec force son propos : « Je suis bien placée pour le savoir » (l. 1495) ; « Non : s'il faut admirer la Japonaise - et il le faut » (l. 1496), etc.
• Le lexique évaluatif recouvre les noms et adjectifs qui traduisent explicitement un jugement de valeur négatif (ou positif) ; ils sont nombreux dans le portrait de la Japonaise : « dogmes incongrus » (l. 1508) ; « l'interminable théorie de tes devoirs stériles » (l. 1525) ; « tes vingt-cinq ans qui seront ta date de péremption » (l. 1553) ; « escarpins grotesques » (l. 1573) ; « brushing désolant » (l. 1574) ; « ta géhenne » (l. 1605), etc.
• L'auteur utilise aussi des verbes introducteurs qui expriment son jugement négatif comme « N'espère pas » (utilisé en anaphore aux l. 1509, 1512, 1513).
• Mais surtout, il peut suggérer de manière implicite à son destinataire le contraire de ce qu'il dit explicitement au moyen du ton ironique : « Tu as faim ? Mange à peine, car tu dois rester mince » (l. 1540) ; « Entre le suicide et la transpiration, n'hésite pas » (l. 1631)...
• Ce qui n'empêche pas l'expression d'une certaine solidarité féminine (l. 1647-1650), au premier degré : « Je proclame ma profonde admiration pour toute Nippone qui ne s'est pas suicidée. De sa part, rester en vie est un acte de résistance aussi désintéressé que sublime. »

Lire

1 Montrez le rôle joué par le langage dans « l'humble tâche » (l. 204) de l'ôchakumi. Qu'est-ce qui déclenche la colère de monsieur Omochi ? Pourquoi celle-ci est-elle incompréhensible aux yeux d'Amélie ?

2 Quelle figure l'auteur utilise-t-il dans cette phrase : « Si le langage était une forêt, m'était-il possible de cacher, derrière les hêtres anglais, les chênes latins et les oliviers grecs, l'immensité des cryptomères nippons » ? (l. 281-283). En quoi l'interdiction faite à Amélie de « parler sa deuxième langue » (l. 633) est-elle très aliénante ?

3 Reprenez les scènes où le conflit entre supérieurs hiérarchiques et subordonnés s'exprime (l. 637-728 ou 1903-2009) : le « dominant » fait-il usage de mots ? Comment le « dominé » japonais réagit-il ? Parle-t-il ou garde-t-il le silence ? Comment Amélie réagit-elle ? Quelle est la différence fondamentale entre l'utilisation que le Japonais et l'Occidental font des mots ? Rappelez ce que signifie le titre *Stupeur et tremblements* (l. 2843).

4 Retrouvez les deux scènes où, Fubuki et Amélie sont victimes de ce qu'on peut appeler un « viol verbal ». Qui est l'auteur de l'agression ? Pourquoi peut-on, à propos de ces deux scènes, parler de « viol » (l. 1939 et 1956) ? Relevez le vocabulaire de la sexualité, le lexique dévalorisant qui caractérise l'agresseur, les effets physiques sur la victime ;

5 Page 110, l. 2363-2365 : « C'était donc un lieu clos, racinien, où deux tragédiennes se retrouvaient chaque jour pour écrire le nouvel épisode d'une rixe enragée de passion » : quelles « armes » utilisent-elles pour s'affronter ?

6 Qu'est-ce que la narratrice entend par le « lexique intérieur » (l. 1713) ? Montrez que c'est ce discours qui, au fur et à mesure que le récit avance, prend le pas sur les paroles rapportées. Quelle valeur donne-t-elle au silence dans sa dernière fonction ?

7 En quoi les mots lui ont-ils permis de supporter cette expérience d'humiliation ?

Écrire

9 Pensez-vous que, dans une situation de conflit, les mots puissent être une solution ?

10 Ecrivez un dialogue argumentatif dans lequel, à la suite d'un conflit, vous essayez de persuader votre interlocuteur de votre bonne foi ; insérez dans ce dialogue des passages de « discours intérieur » exprimant votre jugement et vos sentiments.

Chercher

12 Faites une recherche sur les signes utilisés par la langue japonaise. Quel terme les désigne ? Mettez en évidence quelques différences fondamentales entre la syntaxe du japonais et celle du français.

13 Quelles sont les règles de la tragédie racinienne ? En quoi l'épisode des toilettes du quarante-quatrième étage peut-il être une parodie de tragédie ?

POUR COMPRENDRE

À SAVOIR

LE DIALOGUE ARGUMENTATIF

Quand Amélie réussit à dépasser la contemplation admirative et muette de sa collègue Fubuki – souvent dans un échange verbal conflictuel –, le récit s'arrête pour laisser la place à une conversation entre les deux personnages. S'ouvre alors un dialogue argumentatif dont il faut préciser le type.

• Le dialogue didactique met en scène deux personnages dont l'un désire transmettre ou acquérir un savoir. Il n'est pas présent dans *Stupeur et Tremblements* ;

• Le dialogue dialectique place les interlocuteurs dans une relative situation d'égalité et de partage des valeurs, chacun acceptant d'apprendre de l'autre, dans une logique de construction du savoir ; mais on peut se demander si ce dialogue s'inscrirait dans les codes de l'entreprise japonaise et de sa hiérarchie ;

• Dans la plupart des dialogues entre Amélie et ses supérieurs hiérarchiques, particulièrement Fubuki Mori, le type représenté est le dialogue polémique. Cette forme s'impose bien qu'Amélie multiplie les précautions de langage et de ton (l. 810 : « Je commençai d'une voix douce et posée », l. 2582 : « J'avais beau m'en tenir à des litotes pour le moins ascétiques, je me rendais compte que j'allais déjà trop loin. »), et même si le fond de son discours est parfois incisif (l. 830-834 : « Oui. La délation n'a pas attendu le communisme pour être une valeur chinoise [...]. Je pensais que les Japonais, eux, avaient le sens de l'honneur. »). Ce dialogue s'impose du fait de Fubuki, détentrice d'une vérité qu'elle veut imposer à Amélie. Parfois le jeu des questions-réponses est remplacé par des ordres véhéments (l. 1025 : « Taisez-vous » ; l. 1054 : « L'honneur ! Qu'est-ce que vous y connaissez, à l'honneur ? ») ; le dialogue ne se termine jamais sur un accord, une entente.

LES TONS DU RÉCIT/
LES RAVAGES DE L'HUMOUR

Lire

1 Au début du récit, quand monsieur Saito jette, une fois de plus, les photocopies d'Amélie à la poubelle, elle dit : « Je courbai la tête et m'exécutai. J'avais du mal à m'empêcher de rire. » (l. 603-604). Relevez d'autres passages dans lesquels Amélie répond au sentiment d'aliénation par le rire.

2 Cherchez dans le récit les passages qui peuvent respectivement illustrer ces différentes formes de comique : comique de situation, comique de caractère, comique de l'absurde, comique d'idées, comique de mots, humour noir, ironie. Puis montrez que la séquence de la « parade nuptiale » (pages 80 à 86) réunit la plupart de ces procédés, en leur ajoutant une utilisation comique de la périphrase.

3 Amélie sait pratiquer l'autodérision : par quelle expression désigne-t-elle son « anarythmétisme » pages 57 et 59 ? Par quel emprunt au registre familier désigne-t-elle sa dernière place dans l'entreprise ?

4 Reprenez la phase de résolution du récit (la démission, pages 125 à 138) et montrez qu'elle constitue une petite comédie : combien de scènes et combien d'acteurs ? À quelle « pantomime » se livrent monsieur Saito et monsieur Omochi ? Quelles phrases peuvent constituer des apartés entre la narratrice et le lecteur ?

5 Rappelez la définition de la satire et dites en quoi *Stupeur et tremblements* peut relever de ce genre : quels sont les objets de la critique ? Quelle est la visée de l'auteur ?

Écrire

6 En vous inspirant de la scène de la « parade nuptiale », écrivez à votre tour une scène comique dont vous êtes le témoin réel ou fictif. Construisez-la autour d'un personnage, qui est à l'origine du comique de situation et de caractère.

7 Essayez de nommer des situations ou des objets de la vie quotidienne à l'aide d'une périphrase dont l'effet sera comique ; inspirez-vous des « créations » d'Amélie Nothomb... ou de celles de Molière dans *Les Précieuses Ridicules*.

Chercher

8 Certaines « légendes dorées des saints » racontent comment ceux-ci, au paroxysme du supplice, avaient la force d'utiliser l'humour contre leurs bourreaux : retrouvez la trace de certains de ces martyrs.

9 Que recouvre la notion de « harcèlement » ? Quelles formes le harcèlement peut-il prendre dans le cadre de l'entreprise ? Existe-t-il une juridiction pour ce type de comportement ?

LA PÉRIPHRASE

Selon Pierre Fontanier, auteur du traité des *Figures du discours*, publié de 1821 à 1830. « La Périphrase consiste à exprimer d'une manière détournée, étendue, et ordinairement fastueuse, une pensée qui pourrait être rendue d'une manière directe et en même temps plus simple et plus courte. [...] Elle convient mieux en général à la poésie qu'à la prose ; mais la prose, surtout dans le genre élevé, peut aussi en faire quelquefois un très heureux usage. » (in *Les Figures du discours*, éditions Champs Flammarion 1977).

Amélie Nothomb utilise beaucoup cette figure, dans un genre qui serait à la fois élevé et comique. Ainsi pour évoquer son incapacité face à la vérification des notes de frais, elle écrit : « Mon tonneau des Danaïdes ne cessait de se remplir de chiffres que mon cerveau percé laissait fuir. » (l. 1243-1244) ou en expansion de « Je pataugeais, je cherchais sous les décombres les cadavres de mes repères mentaux » (l. 1410-1411). Il semble que l'écriture de la périphrase permette de transformer une expérience aliénante en quelque chose de supportable parce que plus « élevé » dans sa forme.

Cette figure peut aussi décupler le comique d'une situation ou d'un caractère. Ainsi dans la scène de la « parade nuptiale », pour signifier que « la transpiration de Piet Kramer puait » (l. 1809-1810) Amélie Nothomb écrit d'abord qu'un « déplacement rapide développa dans l'air ambiant un feu d'artifice de particules olfactives, que le vent de la course dispersa à travers la pièce » (l. 1806-1808). La situation est mise en valeur par le décalage entre le fait brut – Piet Kramer dégage une odeur de transpiration insupportable – et la façon emphatique de l'exprimer.

La périphrase fait enfin partie du vocabulaire précieux qu'emploie la narratrice pour traduire une réalité plus prosaïque, comme celle des toilettes. « Les commodités pour dames du quarante-quatrième étage étaient pour ainsi dire le domaine réservé de ma supérieure et moi. » (l. 2241-2243)

Lire

1 Quel est le premier « défi » proposé à Amélie par la hiérarchie de Yumimoto ? À quel auteur et à quelle pièce Amélie fait-elle référence quand elle écrit : « Il y avait à cet exercice un côté : "Belle marquise, vos beaux yeux me font mourir d'amour" qui ne manquait pas de sel. » (l. 83-84)

2 En quoi cette phrase – par laquelle Amélie fait le bilan de sa première journée – est-elle une litote ? « Le soir, il eût fallu être mesquine pour songer qu'aucune des compétences pour lesquelles j'avais été engagée ne m'avait servi. » (l. 131-133)

3 L'écriture d'Amélie Nothomb se caractérise par un foisonnement d'images qui métamorphosent l'univers extérieur et intérieur de la narratrice : son travail de copie devient « la sérénité facturière » (l. 914) ou « le zen des livres de comptes » (l. 919) ; l'ordinateur de Fubuki prend « l'apparence d'une statue de l'île de Pâques » (l. 1328-1329) ; le travail de nettoyage des toilettes devient sa « mission expiatoire en rémission des péchés de l'humanité » (l. 2608-2609)... Quelle est la fonction de ces images dans la reconstruction que fait l'auteur de son expérience ?

4 En quoi l'« intertextualité » (les références à d'autres auteurs, à des oeuvres) participe-t-elle du même désir ? Citez quelques auteurs parmi ceux auxquels la narratrice fait référence et dites comment celle-ci utilise la référence.

5 Rappelez la définition de l'« hyperbole » et montrez que cette figure est récurrente dans le récit. Son emploi est-il en contradiction avec « l'univers de la dérision pure et simple » évoqué par Amélie l. 2221-2222 ?

6 L'auteur écrit l. 2216-2219 : « L'hygiène sanitaire ne va pas sans une hygiène mentale. A ceux qui ne manqueront pas de trouver indigne ma soumission à une décision abjecte, je ne dois dire que ceci : jamais, à aucun instant de ces sept mois, je n'ai eu le sentiment d'être humiliée. » Quelles ressources, quelles qualités Amélie a-t-elle utilisées tout au long du récit ? Que place-t-elle sous l'expression « hygiène mentale » ? Montrez que ce récit alterne phases de déconstruction et de reconstruction de l'image de soi.

7 Quel est le titre du manuscrit commencé par l'auteur sept jours après son départ de Yumimoto ? De quand date la parution de *Stupeur et tremblements* ? Quelle remarque pouvez-vous faire au sujet du temps de l'expérience et de celui de l'écriture ?

Écrire

8 Tenez-vous un journal intime ? Avez-vous recours à l'écriture pour comprendre qui vous êtes ? Sinon, quels moyens utilisez-vous pour apprendre à mieux vous connaître ?

9 Avez-vous déjà connu des situations dans lesquelles vous avez senti un danger pour votre identité ou votre « hygiène mentale » ? Comment avez-vous réagi ? Quelles qualités avez-vous mobilisées ?

10 Quels autres titres que *Stupeur et tremblements* proposeriez-vous pour ce texte ? Justifiez votre réponse.

Chercher

11 Comment appelle-t-on les romans qui présentent l'itinéraire d'un personnage en privilégiant le récit d'événements qui le font évoluer, grandir ? Citez-en quelques exemples.

12 Faites des recherches sur le premier roman d'Amélie Nothomb, *Hygiène de l'assassin*, paru chez Albin Michel en 1992.

POUR COMPRENDRE

À SAVOIR — L'ÉPILOGUE

Le mot vient du grec *epilogos*, qui signifie « fin d'un discours, conclusion » ; il désigne aussi la ou les dernières pages d'un récit. L'épilogue de *Stupeur et Tremblements* est remarquable parce qu'il montre que cette dernière page n'est pas seulement la fin d'une histoire ou d'une expérience : les mots « je commençai à écrire » (l. 3102) et « mon premier roman » (l. 3109) suggèrent qu'une autre expérience, qu'une autre histoire démarrent : celle de l'écriture. Cet épilogue n'est pas une fermeture, mais une ouverture.

Le dénouement factuel (« Quand j'eus contenté ma soif de défenestration, je quittai l'immeuble Yumimoto. On ne m'y revit jamais » (l. 3099-3100) n'est qu'une étape résolutive ; la « vraie » conclusion de l'histoire est ailleurs, dans les deux objets symboliques que sont le manuscrit et la lettre de Fubuki.

À la différence de la « chute » – celle d'une nouvelle, par exemple –, cet épilogue n'entraîne pas une lecture rétrospective des événements ; il ne la complète pas non plus. Les espaces typographiques montrent bien la rupture avec ce qui précède et le début d'autre chose. Il amène aussi le lecteur à se poser cette question : comment se fait le lien entre la fin de l'expérience Yumimoto et la mise au travail de l'écrivain ? entre Amélie-san et Amélie Nothomb ?

DU ROMAN AU FILM : LA QUESTION
DE L'ADAPTATION D'UN ROMAN AU CINÉMA

Lire

1 Retrouvez la fiche technique du film et déterminez la participation de l'auteur à l'adaptation réalisée par Alain Corneau.

2 Observez l'affiche du film : décrivez-en la composition et expliquez la relation entre les deux parties ; en quoi présentent-elles les thèmes principaux du film ? Vous a-t-elle donné envie de voir le film ?

3 La durée d'un film étant limitée (*Stupeur et tremblements* dure 1 heure et 47 minutes), le scénariste doit faire un choix de séquences et donc pratiquer des ellipses narratives. Les principaux événements racontés dans le livre ont-ils été conservés dans le scénario ? Donnez quelques exemples de scènes supprimées ou ajoutées dans le film.

4 Par quel procédé Alain Corneau fait-il entendre la voix de la narratrice ?

5 Que pensez-vous de l'interprétation que l'actrice Sylvie Testud donne du personnage d'Amélie ? Constatez-vous une différence à propos de ses réactions, de son comportement, entre le film et le texte ? La Fubuki de l'écran correspond-elle au portrait que votre imaginaire avait construit ? Quelle est la technique utilisée dans les scènes de confrontation entre les deux personnages féminins ?

6 Pourquoi le film ne pouvait-il apparaître que dans une version « originale » sous-titrée ? Faites des recherches sur le travail de préparation du rôle auquel Sylvie Testud a dû se soumettre. En quoi le résultat est-il étonnant ?

7 Étudiez plus en détails la séquence du délire « nocturne » en vous attachant au cadrage, à la lumière, aux plans et aux mouvements de caméra. Quelles sont les difficultés que le réalisateur a pu rencontrer dans la transposition de cette scène ?

8 Selon vous, la dimension humoristique du récit est-elle bien rendue ? Dans quelle scène Sylvie Testud insiste-t-elle sur les pitreries du personnage d'Amélie ?

Écrire

9 Donnez votre opinion sur le film en prenant soin de ne pas raconter l'histoire et en utilisant la matière des critiques de cinéma : qualité du scénario, écriture filmique (tout ce qui caractérise le traitement de l'image), direction des acteurs, rythme de la narration, mise en valeur des thèmes et de la visée de l'œuvre adaptée, bande-son...

10 Qu'est-ce que le film a apporté – ou ôté – à votre lecture ? Préférez-vous le texte ou le film ?

Chercher

11 Avez-vous vu, au cinéma ou à la télévision, des adaptations de roman ou de nouvelle. Citez le titre et l'auteur de l'œuvre adaptée, le titre et le nom du réalisateur du film produit.

12 Quel est l'adjectif qui signifie que le roman a donné son titre exact au film ?

13 Qu'est-ce qu'un « synopsis » ? Quelle différence avec le scénario ?

À SAVOIR

Un film, c'est d'abord une histoire que le réalisateur transpose en images ; cette histoire est présentée aux acteurs sous la forme d'un scénario qui peut être original (l'histoire est inventée par le ou les scénaristes) ou qui repose sur un texte déjà existant. Nombreuses sont au cinéma les adaptations de romans, de nouvelles, de récits.

Dans le cas précis des œuvres littéraires, les problèmes qui se posent au réalisateur sont nombreux, que l'auteur soit mort ou encore vivant : d'abord, il peut être suspecté de « trahir » l'œuvre. Il est en effet parfois difficile de faire entendre à des lecteurs passionnés que le travail d'un réalisateur enrichit l'interprétation d'un texte ou même lui donne une seconde vie. Ensuite, se pose le problème des choix narratifs, d'autant plus crucial que l'œuvre adaptée est volumineuse : le scénariste doit alors faire un vrai travail de découpage et de réécriture en séquences – les unités narratives du film. Il doit aussi réfléchir au problème de l'énonciation, du point de vue, du rythme, de la transposition des dialogues, etc.

Enfin, un roman et un film ne disposent pas de la même durée, le temps de l'image ne pouvant pas se développer autant que le temps de l'écriture ; ils ne disposent pas non plus des mêmes outils ; ceux du réalisateur sont beaucoup plus lourds, au sens propre – même si le numérique a permis de les alléger : décors – extérieurs ou en studio –, caméras, rails pour les travellings et grues panoramiques ajoutent leur propre poids à la tâche du réalisateur.

Dans le cas de *Stupeur et Tremblements*, Alain Corneau et Amélie Nothomb ont travaillé ensemble au scénario et la voix off permet au spectateur d'entendre le texte de l'auteur. La qualité du film tient aussi à la complicité qui s'est installée entre Amélie Nothomb et Sylvie Testud et à l'espace de liberté que l'une a laissé à l'autre.

GROUPEMENT DE TEXTES

ÉCRIRE POUR VIVRE

Dans son ouvrage intitulé *Amélie Nothomb, l'éternelle affamée* (Albin Michel, 2005), Laureline Amanieux cite largement les entretiens que l'auteur a accordés, à elle-même ou à d'autres interlocuteurs. Au cœur des citations qu'elle en donne, nous trouvons la question de la fonction de l'écriture : quels sont ses rapports avec le corps de l'écrivain, avec son histoire, avec le sens de son existence… « Si je n'avais pas écrit, les choses se seraient mal passées, constate Amélie Nothomb. J'aurais été une suicidée ou une terroriste. » (chapitre XVIII, « Danser sur le chaos », page 303). Quelques lignes plus loin, nous pouvons lire ces autres propos, rapportés par Laureline Amanieux : « Je me réveille tous les matins en me disant que je n'ai rien et qu'il va falloir que je me donne du mal pour obtenir quelque chose. »

Cette façon de vivre l'écriture comme une construction sur le vide, Amélie Nothomb la partage avec d'autres auteurs, pour lesquels l'acte d'écrire s'est installé, à un moment de leur existence, comme une nécessité quotidienne et vitale. Aussi allons-nous convoquer Gustave Flaubert, Franz Kafka, Alfred Dreyfus ou Jorge Semprun pour qu'ils témoignent de l'urgence à écrire sur l'abîme, celui du monde, d'une vie de vieux garçon, d'« un lugubre drame » ou sur celui des tragédies de l'humanité. Non pas tant pour résister à la destruction que pour reconstruire, sur les ruines, de fragiles maisons de papier…

Gustave Flaubert (1821-1880)

Correspondance, tome II, (1851-1858)

Lettre à Louise Colet du 31 janvier 1852.

En ce début d'année 1852, Gustave Flaubert vient d'achever son « saint antoine » (dont le titre complet est *La Tentation de saint antoine*) et, comme souvent, la correspondance qu'il entretient avec ses proches – ici, sa maîtresse et amie Louise Colet – porte le témoignage de ses doutes, de ses interrogations.

Dans son ouvrage intitulé *Flaubert ou le Désert en abîme* (Éditions Grasset, 1991), l'essayiste Jacques Chessex écrit à propos de cette partie de la correspondance (page 19) : « Que veut Flaubert ? Comme Antoine sur sa plate-forme, c'est parler, c'est combler par la parole, par l'écriture soudain gueulée, l'insupportable vide du monde. Dresser l'écrit contre le vide. Exactement substituer à ce vide, mot à mot, page par page, le texte serré, irremplaçable, unique de l'œuvre conquise sur le vide. »

Tu me prédis de l'avenir. Oh ! combien de fois ne suis-je pas retombé par terre, les ongles saignants, les côtes rompues, la tête bourdonnante, après avoir voulu monter à pic sur cette muraille de marbre ! Comme j'ai déployé mes petites ailes ! Mais l'air passait à travers au lieu de me soutenir et, dégringolant alors, je me voyais dans les fanges du découragement. Une fantaisie indomptable me pousse à recommencer. J'irai jusqu'au bout, jusqu'à la dernière goutte de mon cerveau pressé. Qui sait ? Le hasard a des bonnes fortunes. Avec un sens droit du métier que l'on fait et une volonté persévérante, on arrive à l'estimable. Il me semble qu'il y a des choses que je sens seul et que d'autres n'ont pas dites et que je peux dire. Ce côté douloureux de l'homme moderne, que tu remarques, est le fruit de ma jeunesse. J'en ai passé une bonne avec ce pauvre Alfred. Nous vivions dans une serre idéale où la poésie nous chauffait l'embêtement de l'existence à 70 degrés Réaumur. C'était là un homme, celui-là ! Jamais je n'ai fait, à travers les espaces, de voyages pareils. Nous allions loin sans quitter le coin de notre feu. Nous montions haut quoique le plafond de ma chambre fût bas. Il y a des après-midi qui me sont restés dans la tête, des conversations de six heures consécutives, des promenades sur nos côtes et des ennuis à deux, des ennuis, des ennuis ! Tous souvenirs qui me semblent de couleur vermeille et flamber derrière moi comme des incendies.

Tu me dis que tu commences à comprendre ma vie. Il faudrait savoir ses origines. À quelque jour, je m'écrirai tout à mon aise. Mais dans ce temps-là je n'aurai plus la force nécessaire. Je n'ai par-devers moi aucun autre horizon que celui qui m'entoure immédiatement. Je me considère comme ayant quarante ans, comme ayant cinquante ans, comme ayant soixante ans. Ma vie est un rouage monté qui tourne régulièrement. Ce que je fais aujourd'hui, je le ferai demain, je l'ai fait hier. J'ai été le même homme il y a dix ans. Il s'est trouvé que mon organisation est un système ; le tout sans parti pris de soi-même, par la pente des choses qui fait que l'ours blanc habite les glaces et que le chameau marche sur le sable. Je suis un homme-plume. Je sens par elle, à cause d'elle, par rapport à elle et beaucoup plus avec elle.

Franz Kafka (1883-1924)

Journal, Les Cahiers rouges, traduction de Marthe Robert, © Éditions Grasset.

Année 1914, 15 août.

« Tel qu'il se présente dans l'édition définitive, le *Journal* de Franz Kafka est un document d'une importance essentielle pour la connaissance de l'œuvre et de la personne d'un écrivain qui demandait à la littérature plus qu'on ne lui a jamais demandé et qui, en conséquence, n'a jamais écrit une ligne qui ne fût en quelque manière liée au but de sa vie », écrit Marthe Robert dans sa présentation du *Journal*.

Grand admirateur de Gustave Flaubert qui à ses yeux appartient à ces « hommes assez forts pour accepter leur singularité et la vivre jusque dans ses dernières conséquences » (Introduction, page 11), Franz Kafka exprime d'abord ses incertitudes à l'égard de la création littéraire. Mais l'année 1912 marque un tournant : il écrit *Le Verdict* en une nuit et même si des doutes s'expriment encore, et qu'il lui faut sans cesse tirer les mots du vide, l'écriture est devenue essentielle. C'est là qu'il se « blottit »…

> *15 août*
> J'ai recommencé à écrire depuis quelques jours, si cela pouvait durer. Je ne suis pas tout à fait aussi bien protégé par mon travail, aussi bien blotti en lui que je l'étais il y a deux ans, mais il me confère tout de même un sens ; ma vie régulière, vide, démente, ma vie de vieux garçon trouve là sa justification. Je suis capable de reprendre le dialogue avec moi-même et mon regard n'est plus fixé sur le vide total. Il n'existe d'amélioration possible pour moi que dans cette voie.

Jorge Semprun (né en 1923)

L'Écriture ou la Vie, Folio, © Éditions Gallimard, 1996.

Né à Madrid et éduqué en France – sa famille s'est exilée en 1937 – le jeune poète s'engage en 1941 aux côtés des résistants Francs tireurs et partisans. En 1943, il est arrêté par la Gestapo et déporté au camp de Buchenwald, dont il est libéré le 11 avril 1945. Pour Jorge Semprun, les rapports entre vie et écriture se tendent : « Il est vrai qu'en 1947, écrit-il, j'avais abandonné le projet d'écrire. J'étais devenu un autre pour rester en vie. [...] Il me fallait choisir entre l'écriture et la vie, j'avais choisi celle-ci. J'avais choisi une longue cure d'aphasie, d'amnésie délibérée, pour survivre » (pages 253 et 255). Et puis un jour, les mots forcent la barrière de sa mémoire : « À partir de la publication de mon premier livre, *Le Grand Voyage*, tout est devenu différent. L'angoisse d'autrefois est revenue m'habiter, particulièrement au mois d'avril. »

Des années plus tard – toute une vie, plusieurs vies plus tard – un samedi d'avril 1987, vers le milieu de l'après-midi (à dix-sept heures quinze, très précisément), il m'apparut que je ne garderais pas les pages écrites ce jour-là. Que je ne les garderais pas dans le roman en cours, du moins.

Elles avaient pourtant été écrites avec un bonheur déconcertant – je veux dire : j'avais éprouvé un déconcertant bonheur à les écrire, quel que fût celui de l'écriture –, ainsi qu'il advenait chaque fois qu'il était question de ce passé. Comme si la mémoire, paradoxalement, redevenait vivace, vivifiante, l'écriture fluide (quitte à en payer le prix ensuite, très lourd, exorbitant peut-être), les mots davantage aisés et ajustés, dès que cette mort ancienne reprenait ses droits imprescriptibles, envahissant le plus banal des présents, à n'importe quelle occasion.

Dans le brouillon du livre en cours – dont le titre provisoire était *Un homme perdu*, et qui a fini par porter celui de *Netchaïev est de retour* –, dans l'articulation narrative déjà élaborée, il ne devait pas être longuement question de Buchenwald. Trois ou quatre pages devaient suffire, m'avait-il semblé, pour évoquer le voyage de Roger Marroux à travers l'Allemagne défaite, en avril 1945, à la recherche de Michel Laurençon, son camarade de Résistance déporté.

Ça s'écrivait ainsi, pour commencer :

« Le matin du 12 avril 1945, Marroux descendait de voiture devant les bureaux de la *Politische Abteilung*, la section de la Gestapo du camp de Buchenwald. La porte d'entrée monumentale, avec sa grille de fer forgé, se trouvait à quelques dizaines de mètres, au bout de la longue avenue bordée de colonnes surmontées d'aigles hitlériennes qui reliait la gare de Buchenwald au camp proprement dit. »

Je relus la phrase, elle ne me disait rien.

Elle ne contenait que des informations, sans doute nécessaires. Mais les informations, même les plus nécessaires à la transparence d'un récit, ne m'ont jamais passionné.

Ça ne me passionnait pas, la façon dont je faisais parvenir Roger Marroux, personnage romanesque, à ce territoire de la réalité.

Un bref malaise indistinct et sourd, habituel par ailleurs, me plongea dans une méditation désabusée. On ne peut pas écrire vraiment sans connaître de semblables moments de désarroi. La distance, parfois teintée de dégoût, d'insatisfaction du moins, que l'on prend alors avec sa propre écriture, reproduit en quelque sorte celle, infranchissable, qui sépare l'imaginaire de sa réalisation narrative.

Le temps passa : une minute, une heure, une éternité, dans une solitude vulnérable mais orgueilleuse. Ça commençait à bouger dans la mémoire. La mienne, s'entend, pas seulement celle de Roger Marroux.

J'écrivais à Paris, un samedi, tôt le matin, au premier étage d'une maison du début du siècle, dans le 7e arrondissement, en face d'un vaste jardin privé. Ou ministériel, peut-être. Fermé au public, en tous les cas.

Soudain, relisant la phrase en question pour essayer d'en détourner ou contourner la platitude informative, je remarquai la date que j'avais inscrite : 12 avril 1945. Je ne l'avais pas choisie, bien évidemment. Je l'avais écrite sans y penser, imposée qu'elle était par la vérité historique. L'arrivée de Roger Marroux, personnage de roman, à l'entrée réelle du camp de concentration de Buchenwald, ne pouvait avoir eu lieu qu'à cette date, ou à partir de cette date, après la libération par les troupes américaines de la IIIᵉ armée de Patton.

Une stratégie de l'inconscient, pourtant, suave et sournoise dans ses formes, brutale dans son exigence, m'avait conduit à décrire cette arrivée pour l'anniversaire même de l'événement, quarante-deux ans plus tard, jour pour jour.

Nous étions le samedi 11 avril 1987, en effet.

Alfred Dreyfus (1859-1935)
Cinq Années de ma vie (1894-1899)

Rien ne prépare le capitaine Dreyfus à l'écriture. Mais le 22 décembre 1894, cet officier brillant – le premier juif admis à l'état-major français – est condamné, pour haute trahison, à la dégradation et à la déportation perpétuelle. *Cinq Années de ma vie* est le récit rétrospectif des années qui s'écoulèrent du lundi 15 octobre 1894, date de son arrestation, au mercredi 20 septembre 1899, date de sa libération.

Cette édition – préfacée par l'historien Pierre Vidal-Naquet – se compose du journal que Dreyfus tient jusqu'au jeudi 10 septembre 1896 et de la correspondance croisée avec sa femme, Lucie Dreyfus, qui, de Paris, organise le combat pour la justice. Les lettres que le prisonnier reçoit et écrit lui donnent la force de « jeter le cri d'appel vibrant de l'homme qui, pour lui, pour les siens, ne demande […] que de la justice, de la vérité, rien que la vérité » (page 191). Alfred Dreyfus ou écrire pour se tenir debout…

Îles du Salut, 3 octobre 1896.

Je n'ai pas encore reçu le courrier du mois d'août. Je veux cependant t'écrire quelques mots et t'envoyer l'écho de mon immense affection.

Je t'ai écrit le mois dernier et t'ai ouvert mon cœur, dit toutes mes pensées. Je ne saurais rien y ajouter. J'espère qu'on t'apportera ce concours que tu as le devoir de demander, et je ne puis souhaiter qu'une chose : c'est d'apprendre bientôt que la lumière est faite sur cette horrible affaire. Ce que je veux te dire encore, c'est qu'il ne faut pas que l'horrible acuité de nos souffrances dénature nos cœurs. Il faut que notre nom, que nous-mêmes sortions de cette horrible aventure tels que nous étions quand on nous y a fait entrer.

Mais, devant de telles souffrances, il faut que les courages grandissent, non pour récriminer ni pour se plaindre, mais pour demander, vouloir enfin la lumière sur cet horrible drame, démasquer celui ou ceux dont nous sommes les victimes.

Si je t'écris souvent et si longuement, c'est qu'il y a une chose que je voudrais pouvoir exprimer mieux que je ne le fais, c'est que forts de nos consciences il faut que nous nous élevions au-dessus de tout, sans gémir, sans nous plaindre, en gens de cœur qui souffrent le martyre, qui peuvent y succomber, en faisant simplement notre devoir, et ce devoir, si, pour moi, il est de tenir debout, tant que je pourrai, il est pour toi, pour vous tous, de vouloir la lumière sur ce lugubre drame, en faisant appel à tous les concours, car vraiment je doute que des êtres humains aient jamais souffert plus que nous.

Pour la collection « Classiques & Contemporains », Amélie Nothomb et Sylvie Testud ont accepté de répondre aux questions de Josiane Grinfas, professeur de lettres et auteur du présent appareil pédagogique.

Josiane Grinfas : Quel genre attribueriez-vous à votre récit ? Autobiographie ou fiction ?

Amélie Nothomb : *Stupeur et tremblements* est entièrement autobiographique. Mais je suis une romancière et, pour moi, il suffit qu'on raconte quelque chose en travaillant le style pour écrire un roman. Cette histoire m'est arrivée à cent pour cent : j'ai seulement déguisé les noms de la compagnie et des personnages.

J. G. : Quelle relation établissez-vous entre expérience de vie et écriture ?

A. N. : Il me faut un délai très long entre l'expérience et l'écriture. C'est un travail de digestion très lent. L'expérience Yumimoto date de 1990, *Stupeur et Tremblements* de 1998 : il s'agit du récit d'une humiliation, il m'a sans doute fallu ce temps pour reconstruire une image de moi. J'ai été la première étonnée de rédiger ce texte, de le publier. C'était tellement inconscient, irréfléchi, instinctif… Mais j'étais comme enceinte de ce livre.

J. G. : Et vous, Sylvie Testud, comment avez-vous envisagé de rendre cette expérience ?

Sylvie Testud : *Stupeur et Tremblements* est le premier roman d'Amélie Nothomb que j'ai lu, avant même qu'Alain Corneau me propose le rôle. Il m'a beaucoup fait rire et le rire, ce n'est pas forcément que l'on se moque ; c'était le début d'un vrai sentiment incontrôlable. Le personnage a une force bien plus grande que moi : je me serais tout de suite mise en opposition. J'aurais tout de suite pris l'avion et je serais rentrée.

Amélie avait un souvenir du Japon, un souvenir de petite fille, et elle éprouve une grande déception : cette manière qu'elle a de regarder le Japon n'est pas fabricable. Mon métier, c'est d'enquêter sur le personnage et j'avais peur d'être moins sincère qu'elle, d'introduire le calcul à l'intérieur de ça : quelqu'un qui va au plus profond de soi sans jamais se perdre.

J. G. : Quelle est la fonction de l'humour dans la reconstruction de cette expérience ?

A. N. : J'ai écrit ce livre de la seule manière possible : avec humour ; et quand j'ai vu le film, je me suis rendu compte que Sylvie donnait une image de cette expérience bien plus conforme à la réalité. Dès le début du film, elle s'oppose ; moi aussi, je m'opposais ; pas comme à l'occidentale, mais bien plus que le système japonais ne l'autorise. Elle va plus loin que le texte pour retrouver le vrai souvenir. Elle ressemble à Amélie plus que moi !

S. T. : C'est parce que, au cinéma, tout va vite et s'impose, alors que pour entrer dans une histoire aussi intime on a besoin de temps. Le plus difficile à trouver dans le personnage, c'est son rythme.

J. G. : Dans cette expérience, le langage semble être un corset...

A. N. : Et surtout pour une femme ! Au Japon, le langage féminin est bien plus codifié que le masculin. Le Japonais est aussi la langue des niveaux de langue. Il y a même des mots qu'on n'emploie pas. Dire « ce n'est pas vrai » est presque une déclaration de guerre. La narratrice fait beaucoup d'erreurs, il lui arrive beaucoup d'accidents par le biais du langage, alors qu'elle souhaite devenir une vraie Japonaise. Même en m'efforçant d'entrer dans ce corset linguistique – chose que je réussissais plutôt bien – je faisais d'inévitables erreurs.

Et en face d'Amélie, il y a le corps du vice-président : chez lui, le corps déborde sur le langage ; mais il a presque tous les droits : il est le vice-président !

J. G. : Sylvie Testud, comment avez-vous abordé le japonais ?

S. T. : Comme une enfant qui doit apprendre une poésie. J'ai appris mille cent phrases, mais moi, je ne fais que donner l'illusion. À la fin, je n'en pouvais plus de parler le japonais ; j'étais en sueur, écrasée par le japonais !

J. G. : En refermant le livre, on a le sentiment que la société japonaise est un mélange de beauté et de monstruosité...

A. N. : De la beauté, oui ; et qui ne s'incarne pas seulement dans le personnage de Fubuki. Dans le système aussi, il y a une réelle beauté : dans l'égalitarisme social, par exemple, ou dans l'attitude des employés. Le système n'ouvre aucune possibilité de solidarité ; et pourtant elle s'exerce, au sein même de cette impossibilité, dans la scène du boycott. J'ai été choquée de lire que *Stupeur et Tremblements* était un livre de haine contre le Japon… Il y a seulement dans ce récit des personnages qui symbolisent la dualité du Japon : parfois répugnants, parfois magnifiques…

J. G. : Fubuki est un de ceux-là… La relation entre Amélie et elle est faite de fascination, d'un désir trouble, comme la soumission à une divinité…

A. N. : Oui, le désir apparaît dans le langage intérieur de la narratrice. Les sentiments qu'elle éprouve pour Fubuki sont ceux qu'elle éprouve pour le Japon tout entier. Car Fubuki est l'incarnation du Japon dans ce qu'il a de plus beau, de plus fascinant, de plus divin. Et vous pouvez parler d'érotisme.

J. G. : Comment expliqueriez-vous le succès qu'ont vos livres auprès des adolescents ?

A. N. : Je suis incapable de l'expliquer…

S. T. : J'ai peut-être une interprétation… Amélie Nothomb n'a pas perdu son insolence d'adolescente ; il y a aussi dans ce qu'elle écrit une cruauté qui est vraie et que les adultes ont tendance à gommer…

J. G. : Que diriez-vous de cette insolence ?

A. N. : Beaucoup d'adolescents m'ont dit que la narratrice ne se révoltait pas assez ; c'était la révolte qui voulait rester. Mais pour moi, *Stupeur et Tremblements* est le récit *a posteriori* d'une Japonaise ratée…

BIBLIOGRAPHIE

• **Œuvres d'Amélie Nothomb**
Elles sont publiées aux éditions Albin Michel et du Livre de Poche.

• **Au sujet d'Amélie Nothomb**
Laureline Amanieux, *Amélie Nothomb, l'éternelle affamée*, Éditions Albin Michel, 2005.

• **Sur le Japon**
– *L'Apprenti japonais*, Frédéric Boilet, Éditions Les Impressions Nouvelles, collection « Traverses », 2006.
– *L'Empire des signes*, Roland Barthes, (1970), Éditions Points Seuil, 2005 : l'écrivain regarde en ethnologue certains codes japonais.
– *Japon*, collectif, Éditions Casterman, 2005 : dix-sept auteurs de bandes dessinées français, francophones, japonais ou résidant au Japon proposent leur regard sur ce pays.
– *Japonaises, la révolution douce*, Anne Guarigue, Jean-Claude Guillebaud, Éditions Picquier Poche, 2000.
– *L'Abécédaire du Japon*, Takeshi Moriyama, Picquier Poche, 1999.
– *Le Japon éternel*, Nelly Delay, Éditions Gallimard, collection « Découvertes », 1998.
– *Chroniques japonaises*, Nicolas Bouvier, Éditions Payot, collection « Petite Bibliothèque Payot », 1991.

• **À propos de la littérature japonaise**
Les Éditions Picquier proposent un large catalogue d'auteurs et de titres.

FILMOGRAPHIE

– *Stupeur et tremblements*, Alain Corneau, 2003 (présenté au Festival de Yokohama).
– *Furyo,* Nagisa Oshima, 1983.
– *Lost in Translation*, Sofia Coppola, 2003.
– *Nobody Knows*, Hirokasu Kore-eda, 2004.
– *Zatoichi,* Takeshi Kitano, 2003.
– *L'été de Kikujiro,* Takeshi Kitano, 1999.

MUSÉES, LIEUX

– Collections permanentes d'art asiatique.
– Musée Guimet, 6, place d'Iéna, 75116 Paris. Tél. : 01 56 52 53 00.
– Musée des Arts premiers, 37, quai Branly, 75007. Tél. : 01 56 61 70 00.

Information/documentation

EXPOSITIONS, MANIFESTATIONS, CONFÉRENCES...

Maison de la culture du Japon à Paris, 101 bis, quai Branly, 75015 Paris.
Tél. : 01 44 37 95 01.

SITES INTERNET

– http ://japansociety.org/journey : site en anglais conçu par des éducateurs et des élèves de la maternelle au lycée.
– www.lejapon.fr

Classiques & Contemporains

Recueils et anonymes

90 poèmes classiques et contemporains
Ceci n'est pas un conte et autres contes excentriques du XVIIIe siècle
Ces objets qui nous envahissent : objets cultes, culte des objets (anthologie BTS)
Cette part de rêve que chacun porte en soi (anthologie BTS)
Contes populaires de Palestine
Histoires vraies – Le Fait divers dans la presse du XVIe au XXIe siècle
Initiation à la poésie du Moyen Âge à nos jours
Je me souviens (anthologie BTS)
La Dernière Lettre – Paroles de Résistants fusillés en France (1941–1944)
La Farce de Maître Pierre Pathelin
Poèmes engagés
La Presse dans tous ses états – Lire les journaux du XVIIe au XXIe siècle
La Résistance en poésie – Des poèmes pour résister
La Résistance en prose – Des mots pour résister
Les Aventures extraordinaires d'Adèle Blanc-Sec
Les Grands Textes du Moyen Âge et du XVIe siècle
Les Grands Textes fondateurs
Nouvelles francophones
Pourquoi aller vers l'inconnu ? – 16 récits d'aventures
Sorcières, génies et autres monstres – 8 contes merveilleux

SÉRIE BANDE DESSINÉE (en coédition avec Casterman)

Beuriot et Richelle, *Amours fragiles – Le Dernier Printemps*
Bilal et Christin, *Les Phalanges de l'Ordre noir*
Comès, *Silence*
Ferrandez et Benacquista, *L'Outremangeur*
Franquin, *Idées noires*
Manchette et Tardi, *Griffu*
Martin, *Alix – L'Enfant grec*
Pagnol et Ferrandez, *L'Eau des collines – Jean de Florette*
Pratt, *Corto Maltese – La Jeunesse de Corto*
Pratt, *Saint-Exupéry – Le Dernier Vol*
Stevenson, Pratt et Milani, *L'Île au trésor*
Tardi et Daeninckx, *Le Der des ders*
Tardi, *Adèle Blanc-sec – Adèle et la Bête*
Tardi, *Adèle Blanc-sec – Le Démon de la Tour Eiffel*
Tardi, *Adieu Brindavoine* suivi de *La Fleur au fusil*
Tito, *Soledad – La Mémoire blessée*
Tito, *Tendre banlieue – Appel au calme*
Utsumi et Taniguchi, *L'Orme du Caucase*
Wagner et Seiter, *Mysteries – Seule contre la loi*

SÉRIE ANGLAIS

Ahlberg, *My Brother's Ghost*
Asimov, *Science Fiction Stories*
Capote, *American Short Stories*
Conan Doyle, *The Speckled Band*
Poe, *The Black Cat,* suivie de *The Oblong Box*
Saki, *Selected Short Stories*

Couverture
Conception graphique : Marie-Astrid Bailly-Maître
Choix iconographique : Cécile Gallou
Illustration : photographie du film de Alain Corneau, 2003 © Christophe L

Intérieur
Conception graphique : Marie-Astrid Bailly-Maître
Édition : Béatrix Lot
Réalisation : Nord Compo, Villeneuve-d'Ascq

www.magnard.fr

Achevé d'imprimer en janvier 2018
par «La Tipografica Varese Srl» Varese - Italie
N° éditeur : 2017-1816
Dépôt légal : Juillet 2013

Certifié PEFC

Ce produit est issu
de forêts gérées
durablement et de
sources contrôlées

PEFC/18-31-264   www.pefc-france.org